Vorwärts immer, rückwärts nimmer!

Satirische Geschichten über Broiler, Trabbi und Kittelschürzen

Herausgegeben von Dominik Bartels

Blaulicht-Verlag

Bibliografische Information der Deutschen Bibliothek
Die Deutsche Bibliothek verzeichnet diese Publikation in der Deutschen Nationalbibliografie; detaillierte Informationen sind im Internet über http://dnb.ddb.de abrufbar.

Covergestaltung: Patrick Schmitz
Lektorat: Julia Balzer

ISBN: 978-3-941552-40-1

Printed in Germany

www.blaulicht-verlag.com

Danke an alle Autorinnen und Autoren dieser Anthologie, an Pott für das Cover, an Julia für das Lektorat und an den Original Pfefferminzlikör aus Nordhausen, dessen Genuss für so manche Anekdote verantwortlich zeichnete.

Inhalt:

Vorwort

Die DDR gibt es nun schon seit einigen Jahren nicht mehr. Grob gerechnet..., nein, das ist mir zu schwer, obwohl wir ja damals viel besser waren in den Naturwissenschaften, das haben Naturwissenschaftler der Universität Bielefeld herausgefunden, aber es ist eben auch schon eine ganze Weile her, man vergisst so schnell. Wobei „man“? Ich gehe hier, das will ich gerne zugeben, lediglich von mir selbst aus.

Es gibt aber sehr wohl Zeitgenossen, die nichts und niemanden vergessen und auch nicht vergeben, womöglich. Jene sind für dieses Buch hier systematisch aufgespürt worden. Ihnen wurde nachgestellt, zu Lande, zu Wasser und sogar zur Luft. Sie wurden so lange in die Ecke gedrängt, nein, nicht in irgendeine rechte oder linke, ich sage mal in eine literarische, eine literarische Ecke, bis sie gar nicht mehr anders konnten und unter Tränen zusagten. Ja, es handelt sich bei ihnen um die besten, das muss man auch einmal sagen dürfen, das muss diese Demokratie einfach aushalten, Schriftsteller der Welt, jedenfalls die besten Schriftsteller, die eben jene DDR noch am eigenen Leibe haben erfahren dürfen. Diese ganze Unterdrückung, den ständigen Kampf ums Überleben, das deprimierende, das entsetzlich deprimierende Grau in Grau, monatelanges Anstehen nach Autoersatzteilen, nach Margarineersatz, nach Badehosen (weshalb viele aus lauter Verzweiflung nackig ins Wasser sprangen, so war das nämlich mit dem FKK!), jeden Abend besoffen ins Bett, jeden Morgen uniformiert in die Kinderkrippe, wo vergewaltigende Volkserzieherinnen grimmig grinsend schon mit ihren metallenen Töpfchen warteten und wenn man da nicht reinpullern konnte, weil man verbotenerweise schon zu Hause gemacht hatte, setzte es Dresche und nicht zu knapp. Das wird ja heute von Guido Knopp und Konsorten vollkommen verharmlost. Das ist ein regelrechter Skandal! Als ob da nur der Führer dran schuld gewesen wäre!

Nein, die Wahrheit muss auf den Tisch. Endlich werden in dieser Anthologie die Fakten zusammengetragen. Es ist Zeit für ein schonungsloses Offenlegen historischer Zusammenhänge. War das fehlende Westfernsehen im Raum Dresden tatsächlich Schuld an der desolaten Versorgungslage? Litt Wolf Biermann an einer Plattenbau-Phobie? Gab es einen Zusammenhang zwischen der Ermordung Erich Honeckers und der Stationierung von SS-20-Raketen? Warum wurde „Ein Kessel Buntes“ abgesetzt und war Sigmund Jähn wirklich auf dem Mond gewesen?

Die Antworten, die dieses Buch gibt, werden einigen ganz gewiss nicht schmecken, jenen zum Beispiel, die es sich bequem gemacht haben im Sessel der Geschichtsvergessenheit. Aber auch die Ewiggestrigen werden schlucken müssen und die Jasager, die Heulsusen, die Trantüten, die Weichzeichner, die Schlafmützen, die Kraftmeier, die Maulhelden und Dösbacken, die Gernegroßen, Nichtchecker, Claqueure, You-Tuber und die Fans der Gruppe 'Karussell'.

Für wen aber ist dieses Buch dann überhaupt, werden sich die Allermeisten jetzt sicher fragen, wenn schon mal von vornherein 99 % der Bevölkerung ausgeschlossen werden? Nun, das kann ich Ihnen sagen. Es ist für dich. Ja genau, für dich. Guck nicht so! Du wirst es verstehen, nur du, denn genau für dich ist es nämlich geschrieben worden.

Ahne *(nach Diktat untergetaucht)*

Karsten Lampe

Über meine Heimat

Hallo, ich bin Karsten, und ich bin Ossi. Da es eh zur Sprache kommen wird, sage ich es einfach gleich. Wir hatten ja *nüscht*. Wir hatten keine Jeans, keine Fertigsauce, keine Bananen und vor allem keine Ahnung. Wir hatten auch keine Autos, nur Origamifahrzeuge aus Faltpappe, die sich allein deshalb bewegten, weil es eh nur abwärts ging. Wir hatten kein ordentliches Fernsehen. Meine liebste Kindersendung war damals *Mauer-Rangers*, eine Serie über die heldenhaften Abenteuer dreier Wachsoldaten in Wernigerode, die Folge für Folge den real existierenden Sozialismus vor Republikflucht und der Realität beschützten.

Jede Episode funktionierte nach demselben Schema. Erst schlichen sich einige Imperialisten gebeugt, wie es ihrer niederen Moral entsprach, durch das hohe Gras heran, um die Rangers dann mit *Rolling-Stones*-Platten und Lügen zu bewerfen, während diese ihre Gegner mit dem Glanz ihrer frischgewichsten Stiefel blendeten. Das dauerte immer so 22 Minuten, bis es den Rangers langweilig wurde, sie die Macht des antiimperialistischen Schutzwalls beschworen und zu einem 70 Meter großen Honecker fusionierten. Das war es dann meist, denn was sollte da noch kommen? War schließlich auch die Botschaft, die uns Kindern vermittelt werden sollte: Riesen-Honecker, dann Schluss. Nebenbei bemerkt glauben noch heute viele Menschen, dass es im Osten nur Schwarz-Weiß-Fernsehen gegeben hätte, doch das ist ein Missverständnis. Es verhält sich lediglich so, dass es für Städte wie Guben oder Schwarze Pumpe kaum einen Unterschied machte, ob man sie nun in Farbe oder Schwarz-Weiß betrachtete.

Ich bin Karsten, und ich bin Ossi. Aber ich bin nicht nur Ossi, ich bin Brandenburger, also so eine Art Blinder im Lande der Einäugigen. Brandenburger sein, das ist wie bei Werder Bremen auf der Ersatzbank zu sitzen. Das ist wie in dem Teil einer einsturzgefährdeten Ruine zu leben, der noch brennt. Als Brandenburger hast du nicht nur *nüscht*, sondern auch die Gewissheit, dass dich selbst die Sachsen für einen Banjo spielenden Hinterwäldler halten. Wir hatten *nüscht*, wobei, eine Sache hatten wir doch: Sand. Leere Fläche, bedeckt mit Sand. Schon in der Hymne Brandenburgs heißt es: „Märkische Heide, märkischer Sand, sind des Märkers Freude, sind sein Heimatland".

Das Loblied meiner Heimat handelt von Dreck und niedrigem Gebüsch. Wir hätten ebenso gut „Katzeklo" von Helge Schneider singen können. Da wäre dann zumindest die Katze froh gewesen. Gottverdammter Sand. Und noch eine Sache hat Brandenburg im Übermaß. Ruhe. Weil keiner mehr da wohnt, den man hören könnte. Die Jungen ziehen weg, und die Alten… Nun, sagen wir einfach, kompostieren ist eher was für die Nase als für die Ohren. Die durchschnittliche Entfernung zwischen zwei Brandenburgern beträgt zu jedem gegebenen Zeitpunkt 27 Kilometer. Überhaupt ist alles 27 Kilometer voneinander entfernt. Ein klassischer

Brandenburger Scherz besteht darin, an eine beliebige Haustür zu klopfen und sich dann über die laute Musik zu beschweren. Anschließend muss man jemanden finden, der einen wieder nach Hause fährt, aber der Gesichtsausdruck ist es wert. Und wir haben leere Kohlegruben. 27 Kilometer von meinem Dorf entfernt existiert ein stillgelegter Tagebau, eines der größten Löcher Europas, übertroffen nur von jenem Loch, in das die Braunkohlesubventionen der EU gekippt werden. An den Rändern stehen Aussichtsplattformen, von denen aus Väter an Wochenenden gemeinsam mit ihren Kindern in das kilometerbreite, gramgefurchte und matschebraune *Nüscht* starren.

„Sieh nur, Sohn oder Tochter ...", sagen die Väter dann, von denen nicht erwartet wird, dass sie sich mit dem Geschlecht ihrer Kinder näher auseinandersetzen.
„Sieh nur, Sohn oder Tochter, wir haben ja *nüscht*, aber es ist verdammt noch mal das größte *Nüscht*, das man sich vorstellen kann!"

„Stimmt, Vati. Und so viel geiler Sand!", antworten die Kinder, woraufhin der Vater sie mit einer Spreewaldgurke belohnt, die er hochwirft, damit die Kleinen sie aus der Luft schnappen können.

Natürlich kam der Tag, an dem auch ich das Weite suchte. Ich zog fürs Studium nach Wiesbaden und staunte nicht schlecht, als es unter meinen Füßen nicht mehr länger knirschte. Nur zwei meiner Kommilitonen kamen ebenfalls aus dem Osten. Natürlich quartierte uns die Stadtverwaltung gemeinsam im Studentenwohnheim ein, wohl aus Angst, unsere perversen Praktiken könnten die unbescholtenen Hessen ossifizieren. Wir aber fanden das bescheuert. Wir sehnten uns nach kulturellem Austausch. Wozu in die Ferne ziehen, wenn man dort nur denselben Nasen wie daheim begegnet? Das ist ja, als mache man ein Erasmus-Semester und hänge dann nur mit anderen Erasmus-Studenten ab. Jedenfalls veranstalteten wir eine waschechte Ossi-Party und luden alle dazu ein. Denise und Jeanette schmissen sich in die alten FDJ-Blusen ihrer Mütter. Ich selbst trug einen schwarzen Jogginganzug, eine Skimaske sowie einen Hammer und eine Sichel in je einer meiner Hände. Als Denise mich fragte, was ich denn darstellen wollte, sagte ich nur: „Ich bin der Kommuninja!"

Unsere westdeutschen Freunde kamen allesamt als Rotkäppchen und brachten Sekt mit. Nur Andreas kam als Karton Spee. Als ich ihm die Tür öffnete, lernte ich mehr über das Zusammenwachsen zweier Länder, als ich es auf hundert Einheitsfeiern je getan hatte. Und ich lernte viel über Heimat und darüber, dass man mehr als nur eine Heimat haben kann. Dass Heimat manchmal gar kein Ort ist und dass man sie mitnehmen oder sogar neu erschaffen kann, wenn man die alte mal verloren hat. Ich bilde mir gern ein, mein Bild von mir und anderen nicht von Himmelsrichtungen abhängig zu machen. Trotzdem trage ich immer einen kleinen Beutel Sand bei mir. Nur ganz wenig. Fast *nüscht*.

**aus „Erkläranlage: Treibgutstories,*
ISBN 978-3-944035-69-7,
mit freundlicher Genehmigung des Satyr Verlags

Volker Strübing

Tante Dörte und die Kettwurst der Versöhnung

„Nee, Scheiße war das, absolute Scheiße!"

Verdammt, es hatte ein friedlicher Familienspaziergang werden sollen. Meine Freundin hat Besuch aus Holland; Tante Janni und Onkel Piet aus Eindhoven sind für ein paar Tage in Berlin und wir haben beschlossen, meine Tante Dörte und Onkel Herbert zu besuchen.

Die beiden wohnen in Berlin-Marzahn, im Ostberliner Plattenbaugebiet, seit 1980 im selben Haus, in derselben Wohnung, 10. Stock, vier Zimmer, Küche mit Durchreiche, Müllschlucker, Panoramablick auf den Springpfuhl.

Ich bin gleich um die Ecke aufgewachsen, Heinrich-Rau-Straße, Allee der Kosmonauten, Kino Sojus, dort komme ich her und ich hatte gedacht, es sei eine hübsche Idee, der Freundin und ihrer Verwandtschaft meine alte Heimat zu zeigen und ein bisschen Familienzusammenführung zu betreiben. Das Wetter ist schön, wir spazieren durch das erstaunlich grüne Plattenbaugebiet. Alles geht gut, bis Tante Dörte und Onkel Herbert bei unserer ersten Rast in einem traurigen Café aneinandergeraten. Anlass ist ein Foto aus den 80ern, das uns Onkel Herbert auf seinem Handy zeigt: Er und Tante Dörte im Kreise betrunkener Menschen in einem typischen

Plattenbautrocken- und Partyraum. Schreckliche Frisuren, überquellende Aschenbecher, Bierflaschen und ein DDR-Wimpel.

„Hausgemeinschaftsleitungssitzung", nickt Onkel Herbert und beugt sich zu unseren Gästen aus Eindhoven. „Gabs in jedem Haus. Hat Feiern und so organisiert. Damals gabs ja noch Gemeinschaft, da haben sich alle noch gekannt. Und man hat sich geholfen und zusammen den Vorgarten jepflegt. War halt alles nich so anonym und ellenbogenmäßig wie im Kapitalismus, verstehnse?!"

Ich weiß nicht, wieviel Janni und Piet verstehen, ich glaube, sie sind vor allem von dem Wort „Hausgemeinschaftsleitungssitzung" beeindruckt, ein Wort, wie es nur Deutsche konstruieren können, ein Wort, bei dem man Angst bekommt, dass es sich jeden Augenblick die Stiefel anzieht und losmarschiert, um halb Europa zu besetzen. Aber sie nicken freundlich.

„Gezellig", sagt Tante Janni.

Herbert ist zufrieden: „Jezellig, jenau!" Und das ist der Moment, wo Tante Dörte die Hutschnur platzt: „Nee, Scheiße war das, absolute Scheiße!", ruft sie also und ich zuppel am Ärmel ihre Bluse, weil sie sich in der Lautstärke etwas vergriffen hat. „Psst, Tante Dörte!"

„Was heißt hier ‘psst’, nüscht ‘pssst’, die Zeiten sind vorbei, wo man nicht sagen konnte, wenn was scheiße war."

„Also ich fands prima", sagt Onkel Herbert.

„Ja, das weiß ich, dass du das prima fandst. Die blöden Hausgemeinschaftsabende und überhaupt! Du warst ja überall dabei, wo‘s was zu saufen gab!" Onkel Herbert grinst, das Tantchen schimpft weiter: „Aber wehe, man hatte keine Lust auf die feine Hausgemeinschaft und die goldene Hausnummer und vor allem die ständige Sauferei im Namen des Sozialismus. ‘Arbeiterfahne hissen’, hab ich das immer genannt, weil die doch alle nach Bier und Schnaps gestunken haben. Wehe, du hast nich mitgemacht, dann wurdste komisch angeguckt und gefragt, ob dein Klassenstandpunkt etwa nicht gefestigt ist. Dabei war ich vielleicht die einzje Kommunistin in dem ganzen Haufen. Bäh, diese Heuchelei. Diese Idioten, die am Anfang des Abends noch eine Lobrede auf die DDR gehalten haben, und dann, nach drei Weinbrand haben sie auf den scheiß Osten geschimpft, nach dem vierten jeder Frau an den Arsch gegrabscht und nach dem fünften Naziwitze erzählt. ‘Mein Vater is ja auch im KZ gestorben, ja, der is besoffen vom Wachturm gefallen’, hahaha, den weiß ich noch, der kam vom Köhler, unserem Nachbarn im 6. Stock, SED-Funktionär, Stasi-Mitarbeiter, Sportlehrer — das warn die Schlimmsten! Jahrelang hatter in der Schule die jungen Pioniere über die Sturmbahn gehetzt und dann 1990 — Peng! — Immobilienmakler, Schwein bleibt Schwein! Kein Wunder, dass die DDR vor die Hunde gegangen ist, bei solchen Typen. Hinterher warense natürlich alle die großen Wendehelden und habens ja schon immer gewusst und die Sauferei war passiver Widerstand. Gesellig?! Nee, scheiße! Und wenn wir schon mal dabei sind: FKK war ooch scheiße! Wir waren doch nich dauernd nackig, weil wir‘s toll fanden, sondern weil die Klamotten im Osten so hässlich waren!“

Ich bemühe mich, die Wogen zu glätten: „Na, zum Glück ist das ja jetzt vorbei mit der DDR und den Hausgemeinschaftsleitungsitzungsbesäufnissen.“
Piet klappt die Kinnlade runter, als ich das Wortungetüm gebäre. Er schaut mich an wie einen Irren.
Onkel Herbert ist entrüstet: „Zum Glück?“, fragt er. „Zum Glück?!“
Meine Freundin winkt dem Kellner und zahlt, während nun Onkel Herbert sich in Rage redet: „Jetzt ist doch alles noch viel schlimmer, jetzt dürfen wir die Scheiße zwar Scheiße nennen, dafür steht sie uns jetzt bis zum Hals! Demokratie, da pfeif ich drauf! Weeßte, als die in Griechenland Syriza gewählt haben und diesen Tsipri... Tsipra... na, ihr wisst schon...“
„Den Schmucken“, sagt Tante Dörte.
„Na, du nun wieder! Jedenfalls hab ich da gesagt: Jetzt guck ich mir das noch einmal an mit dieser Demokratie, wärn wir doch mal sehen, ob der was ausrichten kann. Naja, muss ich euch ja nicht erzählen, was war... Scheiß Westen! Dafür bin ich 89 nich auf die Straße jejang!“
„Du bist 89 nicht auf die Straße gegangen“, schnauzt Tante Dörte.
„Doch, um Bier zu holen, du hast dich ja geweigert, mir welches mitzubringen!“
„Ja, saufen, saufen, was andres hattste damals nich im Kopp. Und dann warste plötzlich ganz vorne mit dabei beim Helmut Kohl und hast Deutschland einig Vaterland gebrüllt!“
Verdammt, warum sind wir nicht einfach in den Tierpark gegangen? Ich hatte doch keine Ahnung, dass Tante Dörte den Kommunismus gut, aber die DDR scheiße fand und Onkel Herbert genau umgedreht. Wir

stehen inzwischen auf dem Helene-Weigel-Platz und bekommen einige Aufmerksamkeit von den Passanten. Die einen nicken beifällig, andere schütteln den Kopf.
„Na, weil ichs jegloobt hab, wasse uns versprochen haben, aber jetzt gloobick keim mehr örjendwas. Verkooft ham se uns, verkooft."
Tante Dörte stampft mit dem Fuß. „Quatsch!", ruft sie. „Wir haben uns selbst verkooft! Fürn Appel und Ei und ne Banane undn Videorekorder. Von wegen friedliche Revolution! Schöne Revolutionäre, die sich einen Tag nach dem Mauerfall beim Begrüßungsgeld anstellen! Ich schäm mich jetzt noch! Che Guevara hätt das sicher nicht gemacht! Ach, was reg ich mich eigentlich auf?", sagt Tante Dörte. „Ist ja auch egal und jetzt haben wir auch genug über die DDR geredet. Lasst uns mal über die Niederlande reden." Ich nicke begeistert.
„Die Niederlande!", ruft Onkel Herbert, „Die Niederlande sind ja die DDR des Westens!"
„Was???"
„Ja, ich hab mich mal schlau gemacht. Die Niederlande haben 17 Millionen Einwohner, genauso viel wie die DDR! Und sie grenzt an die BRD, genau wie die DDR!"
„Quatsch!", sagt Tante Dörte. „Die Niederlande sind doch nicht wie die DDR! Die Niederlande sind eher… wie die Schweiz! Es gibt in beiden Ländern viele Kühe, beide machen tollen Käse und beide sprechen ulkiges Deutsch! Die Schweiz ist das Niederlande der Berge!"
„Holland ist die Schweiz der Küste!", ruft Onkel Herbert.
„Berlin ist das Amsterdam Venedigs!", rufe ich, um noch ein bisschen Verwirrung zu stiften.

Plötzlich breitet Onkel Herbert seine Arme um meine Freundin und mich. „Jedenfalls: Ohne die Wende hättet ihr zwei euch nie kennengelernt. So hat sich die Scheiße doch fast schon gelohnt!"
Und dann machen wir uns auf den Weg zur Schönhauser Allee, das hat sich die Tante gewünscht, da gibt es noch Kettwurst wie im Osten und die hat sie doch immer so gern gegessen. Und unsere niederländischen Gäste sollen doch mal sehen, dass es in der DDR nicht nur Mauern und Hausgemeinschaftsleitungssitzungen gab, sondern auch Kettwurst.
„Die Kettwurst war ja der Joint des Ostens", erkläre ich Piet und Janni. Es wurde dann noch ein sehr schöner Nachmittag.

Franziska Wilhelm

Mein Ostblog.ddr

Prolog

Herzlich Willkommen im Jahr 2016, dem Jahr, in dem die DDR ihren 67. Geburtstag feiert. Was Sie vielleicht wissen sollten: Nachdem der Volksaufstand von '89 von sowjetischen Panzern gestoppt wurde, gab es eine nicht unwesentliche Fluchtwelle. Von 16 Millionen DDR-Bürgern sind heute noch drei Millionen übrig geblieben. Jetzt versucht der Staat, sich zu modernisieren und dabei stärker auf die Wünsche der verbliebenen Arbeiter und Bauern einzugehen. Zum Beispiel durch die sozialistischen Netzwerke. Mein Name ist Franziska Katjuscha Wilhelm. Ich habe zwei Kinder und bin die erste offizielle DDR-Bloggerin. Mein Ziel ist es, Optimismus zu verbreiten und meine Domain heißt:

Mein Ostblog.ddr

11. August 2016
Liebes Internetz-Tagebuch,

dies ist ein neuer, wahnsinnig erfolgreicher Tag in der Deutschen Demokratischen Republik. Ich habe heute um 4.30 Uhr voller Tatendrang meine Frühschicht im VEB Getränkekombinat Leipzig angetreten, um acht Stunden lang hoch konzentriert die Einspritzeinheit D zu überwachen. „Psss, Psss, Psss“, macht es da im Sekundentakt. Ich bin wirklich sehr stolz auf unsere Abfüllquote, leider muss ich von dem Geräusch immer pinkeln. Aber ich pinkele jedes Mal voller Optimismus und Zuversicht. Dessen können Sie sich gewiss sein, liebe mitlesende IT-Offiziere.

Vor einem halben Jahr habe ich mich dem neu gegründeten Arbeitskreis junger Internetz-Nutzer angeschlossen. Vergangene Woche haben wir nun endlich das brandneue 56k-Modem vom VEB Kombinat Mikroelektronik Erfurt geliefert bekommen. Das Einwahlgeräusch ist pure Musik in meinen Ohren. Außerdem erscheint mir die Gehäusegröße von 1,75 m x 1,90 m doch deutlich handlicher als erwartet.

Was mich und den Arbeitskreis natürlich am meisten interessiert, sind **die sozialistischen Netzwerke**, die man seit einiger Zeit auch bei uns nutzen kann. Da haben wir zum Beispiel den **Kurznachrichtendienst „Der kleine Trompeter“**. Über den kleinen Trompeter kann man Botschaften versenden, die maximal 142 Zeichen lang sind. Das sind genau zwei Zeichen mehr als beim imperialistischen Anbieter „Twitter“. „Bäm“, sage ich da nur.

Schon etwas länger gibt es das **E-Mail-Programm „Der rote Letter“**, der im Volksmund auch „Mielke-Mail“ genannt wird. Selbst hier zeigt sich, dass die DDR dem Westen weit vorauseilt. Wir DDR-Bürger brauchen nicht erst einen Edward Snowden aus Amerika, der uns sagen muss, dass da wer mitliest. Bei uns steht

ein Lächelgesicht für den diensthabenden Stasi-Offizier bereits in der Autosignatur. ☺
Der allerneueste Schrei ist derzeit das Videoportal „**MeinDefa.ddr**". Leider braucht unser Analog-Modem immer acht Stunden, bis es einen Clip von 30 Sekunden geladen hat. Da ist es meist schneller, selbst nach Berlin zu einem FDJ-Jugendtreffen zu fahren, als sich einen Clip darüber anzusehen.

Obwohl es sich ja ohnehin immer lohnt, unserer schönen sozialistische Hauptstadt einen Besuch abzustatten. Irgendwo in der Nähe der Mauer soll es doch tatsächlich W-LAN geben ...

Robert, ein Freund von mir, hat sich kürzlich aus einem alten Röhrenbildschirm, einer Praktica-Kamera und ein paar Abfallplatinen ein eigenes Smartphone zusammengelötet. Wir versuchen jetzt, einen Laster zu organisieren, um es in die Hauptstadt zu transportieren. Natürlich nur zum Wohle der DDR.

Doswidanja, Ost-Alemania! Bis morgen!
Franziska +++

12. August 2016
Liebes Internetz-Tagebuch,

ich habe mich heute mit meinen Kindern gestritten. Vladimir und Shakira sind jetzt zehn bzw. elf Jahre alt und leider frühpubertär. Ständig nerven sie herum, dass ich ihnen im Intershop Club Mate besorgen soll. Ich habe ihnen kurzerhand das sozialistische Ersatzgetränk mitgebracht, welches wir seit Neuestem bei uns im Betrieb abfüllen. Leider kommt man an Mate-Pflanzen auch über die verbliebenen Bruderstaaten nicht so einfach heran. Deshalb heißt unser Getränk **KlubMöhre** und ist orange. Die Kinder zeigten sich von der KlubMöhre nicht ganz so begeistert, wie es sich gehört hätte. Aber Jammern bringt ja nichts.

In diesem Sinne: Pust wsiegda, budiet sonce!
Franziska +++

14. August 2016
Liebes Internetz-Tagebuch,

wir von den jungen Internetz-Nutzern haben tatsächlich einen Laster organisiert und Roberts selbstgebasteltes Smartphone darauf geladen, um es nach Berlin zu bringen. Leider haben das Alter des LKW (stolze 45 Jahre) und der realsozialistische Zustand unserer Autobahn einen negativen Überlappungseffekt erzeugt. Nach 20 km und 732 Schlaglöchern mussten wir mit Achsenbruch aufgeben. Als wir heimgetrampt sind, haben wir einen Typen kennengelernt, der zu einem anderen Leipziger Internetz-Kreis gehört. Mit denen wollen wir uns jetzt mal vernetzen.

Kalinka-Verlinka!
Franziska +++

20. August 2016
Liebes Internetz-Tagebuch,

wir haben uns gestern mit dem anderen Arbeitskreis getroffen. Die redeten nicht nur übers Internetz, sondern auch viel über die Landschaft. Seit so viele Menschen unsere schöne DDR verlassen haben, hat ja jeder nun mehr Landschaft als genug. Wenn man die verbliebenen drei Millionen DDR-Bürger auf die rund 100.000 Quadratkilometer Fläche rechnet, dann haben immer 27 Leute eine ganze Plattenbausiedlung für sich alleine. Krassikowski, nicht wahr?

Es geht nun darum, neue Nutzungskonzepte für all die Fläche zu finden. Da gibt es zum Beispiel ein paar Leute, die würden gern Wasserbüffel züchten. Im Stadtzentrum von Zittau. Genug Weidefläche wäre inzwischen da. Außerdem kam die Idee auf, Magdeburg komplett zu einem Indianerdorf umzubauen. Und Gera in eine Hobbit-Siedlung. Vielleicht könnte man dadurch mehr Touristen anlocken. Das würde den Bezirken sicher gut tun. Wir fanden unser Treffen auf jeden Fall sehr produktiv.

Gutnachtikovsky, Schabowski!
Franziska +++

06. Oktober 2016
Liebes Internetz-Tagebuch,

Ich habe lange nichts geschrieben und dies wird auch mein letzter offizieller Eintrag sein. Die Arbeit in unse-

rem vereinigten Arbeitskreis ist in den letzten Wochen enorm turbulent gewesen. Die Gruppe, die mit der Wasserbüffel-Farm begonnen hatte, wurde leider von offizieller Stelle gestoppt. Die Idee gefällt dem Staat irgendwie nicht.
„Zu viel Anarchie“, sagen die Offiziere. Auch dem Arbeitskreis junger Internetz-Nutzer wurde von höchster Stelle eine Neuorientierung nahegelegt. Wir mussten die Rechentechnik wieder abgeben und haben dafür drei Stricklieseln, eine Modelleisenbahn und vier Vero Construct Baukästen erhalten. Leider die ohne Elektromotor. Aber egal. Wir machen trotzdem weiter.

Anders als '89 gehen wir aber nicht mehr in Gruppen auf die Straße, wir verteilen uns im Dickicht. Wir sind ein Netzwerk aus vielen kleinen Keimzellen und wir schlagen unsere Sporen nach allen Seiten aus. Wir kämpfen weiter für unsere Wasserbüffel in Zittau und unserer Indianerdorf in Magdeburg. Wir wissen, sie werden kommen. Früher oder später. Denn niemand kann uns aufhalten. Howgh.

PS:
Liebe mitlesende Stasi-IT-Offiziere, was ich schon immer mal sagen wollte:

Die KlubMöhre schmeckt wirklich zum Kotzen!

André Bohnwagner

Grüner Daumen

Ich würde meine Familie und mich als typische Gewinner der Wende bezeichnen. Insbesondere mich. Nicht nur aufgrund der üblichen, und für fast jeden DDR-Flüchtling wichtigen Dinge, die ab dem Winter 1989 unser Leben enorm bereicherten: also Reisefreiheit, Videorekorder und Coca Cola. Sondern auch deshalb, weil unsere Entscheidung, die DDR zu verlassen, mich von den größten Plagen befreit hat, die der Sozialismus dem Schüler einer POS auferlegen konnte.

Zum einen war dies die Schulzahnärztin. Deren Motivation nicht etwa darin bestand, Karies und Parodontose wie den Klassenfeind zu behandeln. Sondern die in unseren kleinen Arbeiter- und Bauernmündern so lange an den gesunden Zähnen herumbohrte, bis niemand mehr eine heile Kauleiste hatte.

Offiziell gab es dafür wohl keine Statistiken, aber rückblickend bin ich mir sicher, dass dank der überall gefürchteten Schulzahnärzte die DDR im Pro-Kopf-Verbrauch von Amalgam bei unter Zwölfjährigen auf Weltniveau war. Aber die als Zahnärztin verkleidete Hexe war für mich noch nicht einmal das Schlimmste. Denn viel wichtiger war, dass ich auch meinem persönlichen Endgegner den Rücken kehren konnte, nämlich dem Schulgartenunterricht.

Im Gegensatz zu sinnvollen Aktivitäten wie dem Sammeln von Altpapier und Pfandflaschen für Nicaragua oder Mosambik, kam mir beim Schulgartenunterricht nicht einmal ansatzweise in den Sinn, was wir der Welt und dem Sozialismus Gutes tun würden, wenn wir Unkraut jäteten und Tomaten anpflanzten.

Und so wurde ich schon in der ersten Klasse ein Feind des Systems. Während sich unsere Eltern in ihrer Jugend als Zeichen der Rebellion noch die Haare lang wachsen ließen und unsere älteren Geschwister in Westjeans in den Unterricht kamen, sabotierte ich die Gemüsebeete unserer Klasse so gut ich nur konnte und bestach mit ausnahmsloser Diskussionsfreude darüber, dass in der Kälte stehen und Erde umgraben nicht fetzen würde.
Vor allem dann nicht, wenn wir die Erzeugnisse nicht einmal mit nach Hause nehmen dürften. Der grüne Daumen war mir vielleicht mit angeboren worden, aber in der ersten Klasse habe ich ihn mir freiwillig wieder abgehackt. Dennoch sollte ich wenig später veranschaulicht bekommen, wie die Gartenarbeit in der DDR auch sinnvoll vonstattengehen konnte.

Während andere Familien im Rückblick von sich sagen „Wir hatten ja nüscht“, kann ich retrospektiv sagen: Wir hatten alles. Oder zumindest fast alles. Jacobs Krönung, Westfernsehen, außerdem haben wir keinen Trabant oder Wartburg gefahren, sondern einen Lada. Und trotzdem sind wir dann später abgehauen. Nur eine Datsche hatten wir nie, aber dafür konnten wir Ende der Achtziger auf einmal zumindest etwas ähnlich Cooles vorweisen, denn von einem Tag auf den anderen waren wir auf einmal Besitzer eines Schrebergartens. Wie wir dazu kamen, habe ich nie gefragt oder sonst wie in Erfahrung gebracht. Entweder hatten wir einfach Glück oder der bisherige Besitzer wurde zur Klärung eines Sachverhaltes abgeholt und konnte dabei seine Abneigung gegen die DDR nicht so gut argumentieren wie ich im Schulgartenunterricht. Aber das war mir egal, denn der Garten war nun unser. Als ich das erste Mal durch die Holzpforte schritt, war ich mehr als nur beeindruckt.

Während meine Eltern vor ihrem inneren Auge wahrscheinlich schon Geranienbeete und Tomatenstauden sahen, blickte ich auf einen dreihundert Quadratmeter großen Abenteuerspielplatz. Mächtig gewaltig. Und es war auch gar nicht schwer, mich in irgendwelchen Abenteuern vorzustellen, denn das ganze Gelände war dermaßen von Gestrüpp überwachsen, dass unser Schrebergarten aussah wie in den Indianerfilmen mit Gojko Mitić. Ich wusste jedoch auch, dass dieses Gestrüpp nicht ohne menschliche Hilfe verschwinden würde. Aber meine Eltern wussten, dass es mit meiner Begeisterung zur Gartenarbeit nicht besonders gut aussah.

Im Hinblick auf den Schulgartenunterricht, von dessen Leid ich unaufhörlich klagte, sagte mein Vater nur: „Sohn, sieh zu und lerne!"

Mir war klar, dass er damit nicht meinte, von der Sowjetunion zu lernen, um siegen zu lernen. Sondern wie man in der DDR auch ohne Parteimitgliedschaft über die Runden kam, nämlich erfolgreich Tauschgeschäfte zu betreiben. Nachdem der Garten in wochenlanger Arbeit so umgekrempelt wurde, dass er nur noch aus aufgelockerter Erde bestand, ging es für meine Eltern ans Eingemachte. Sprich, es wurden die Beziehungen ausgespielt. Da sich meine Mutter als Köchin im FDGB-Ferienheim an der Quelle für begehrte, aber nur schwer zu kaufende Nahrungsmittel befand, waren schnell Holzlatten für den Zaun und Steinplatten für den Gehweg zusammengetauscht. Es war ein Verbrechen ohne Opfer. Nur dass die ollen Sachsen im Ferienheim vorübergehend eben etwas weniger Schweinelende oder Ananas aus der Dose auf den Tisch bekamen und wir uns unseren Traumgarten zusammentauschten.

Als der erste Frühling in unserem neuen Garten bevorstand, beschloss mein Vater, einen kleinen Teil des Grundstücks mit Beton auszugießen, um darauf einen Schuppen zu errichten. Ich wusste, dass mein Vater auch das irgendwie problemlos hinbekommen würde. Dennoch war ich ein wenig überrascht, als er am Samstag darauf vor meiner Schule stand, um mich vom Unterricht abzuholen.

In der Hand hielt er zwei Spaten und forderte mich auf, mich zu beeilen. Misstrauisch, von meinem eigen Fleisch und Blut als Nachwuchs-Bausoldat eingesetzt zu werden, ging ich mit. Als wir um die Ecke zu unserem Kleingarten bogen, konnte ich mir ausmalen, dass es kein fauler Nachmittag für uns werden sollte. Wie bereits erwähnt: Wir hatten nicht nüscht, sondern fast alles. Und das manchmal auch im Überfluss. Auch Beton. Vor unserem Garten parkte ein Bekannter meiner

Eltern mit einem IFA-LKW, auf dessen Ladefläche ein Betonmischer und unzählige Säcke, und damit meine ich auch wirklich unzählige Säcke, Zement standen. Sogar mehr als wir überhaupt brauchten. Aber wir hatten keine Wahl, denn in der DDR galt das Alles-oder-nichts-Prinzip. Einmal zum Beispiel hatte mein Vater auf der Arbeit etwas Parkettboden ergattert und wollte es ein paar Freunden geben, die gerade ein Haus bauten. Da sie den Boden allerdings schon mit Teppich ausgestattet hatten, brachten sie das Parkett notgedrungen eben einfach an der Decke an. Das war der Alltag im Osten. Irgendetwas übrigzulassen war bei uns nicht drin.

Jedenfalls konnten wir den Beton später nicht einfach so zur Baustelle zurückzubringen. Das würde wahlweise nur dumme Fragen oder neidische Begehrlichkeiten wecken. Also mussten wir anpacken und hoben bis zum frühen Abend zu dritt im Kollektiv eine knapp zwei Meter tiefe Grube aus und vollendeten im Schutz der Dunkelheit unser Werk.

Nur ein paar Wochen später schauten wir stolz auf unseren neuen Schuppen, der auf einem soliden Sockel aus immerhin knapp 30 Kubikmetern volkseigenem Beton stand. Die Mühen für den Garten hatten sich für meine Eltern also gelohnt. Die Mühen, wenig später abzuhauen, allerdings noch mehr. Wenn ich heute auf die Blumenkästen auf meinen Balkon schaue, sehe ich, dass ich noch immer keinen grünen Daumen habe. Aber dann greife ich mir eine Coca Cola, freue mich auf den nächsten Urlaub und weiß, dass alles irgendwie auch sein Gutes hatte.

Des Ossis neue Kleider

Das Interesse an Mode war in der DDR durchaus vorhanden. Es scheiterte jedoch nur allzu oft am Verkaufstresen des HO Geschäftes Junge Mode.
Ein Beispiel:
Mutter: „Ich suche nach einer Wisent-Jeans."
Verkäuferin: „Ham wa nicht!"
Zweites Beispiel:
Mutter: „Ich suche nach einer Wisent-Jeans."
Verkäuferin: „Welche Größe denn?"
Mutter hoffnungsvoll: „Für Jungen, die 164."
Verkäuferin: „Ham wa nicht!"
So oder so ähnlich lief es in den achtziger Jahren überall in der Deutschen Demokratischen Republik ab. Denn die Partei hatte klare Vorstellungen von einer DDR-Mode: "Der Sozialismus ermöglicht eine gute Kleidung für alle, ohne Standesprivilegien, ohne luxuriöse Überspitzungen, aber von geschultem Geschmack und mit Freude an Farbe und Form", hieß es schon im parteikonformen Lexikon von 1962.
Deshalb hieß es auch in Sachen Mode wie in vielen anderen Bereichen: Arbeiter und Bauern, helft euch selbst! Und so wurde genäht, gestrickt, gehäkelt und geklöppelt, was das Zeug hielt. Die Kreativität war dabei weniger das Problem, vielmehr fehlte es den Hobbydesignern oft an Material, um ihre spannenden und extravaganten Entwürfe umzusetzen. Meine Mutter hatte beispielsweise gute Beziehungen zum örtlichen

Wollhandel und deshalb lief ich irgendwann in einem Bayern München-Trikot herum – aus Wolle! Sicherlich ein einzigartiges Stück Textilgeschichte.
Draußen zum Fußballspielen war das Teil jedoch nicht geeignet, nach wenigen Minuten auf dem Bolzplatz juckte und brannte die Naturfaser auf der Haut und ich sah am Körper aus wie Jürgen Prochnow im Gesicht. Trotzdem war ich mit meiner Stricktrikotage bei meinen Kumpels ganz weit vorn, wurde ich doch wegen des Tragens dieses Klassenfeind-Jerseys exakt acht Mal von verschiedenen Lehrern nach Hause geschickt, um mich umzuziehen. Bis heute ein Rekord, auf den ich… und auch meine Mutter sehr stolz sind. Einige Jahre später, als die Republik schon auf ihr Ende zustolperte, waren es die ins Land geholten Vietnamesen, die uns DDR-Bürger mit geschickter Nadel und buntem Faden zu Netzhemden, Leggins und Schulterpolstern in den Blusen verhalfen. Alles so ein wenig Modern Talking-Style für Arme. Genauso wie die selbstgenähten Schweißbänder aus alten Handtüchern oder die Neonarmbänder, die wir aus transparenten Benzinschläuchen zusammenbastelten und mit abenteuerlichen Flüssigkeiten füllten. Hinzu kamen schrecklichste Dauerwellen bei den Mädchen und ziemlich fragwürdige Vokuhilas bei den Jungs. Um es deutlich zu sagen: Es war eine grausame Zeit! Besonders für die Augen!

Doch wenn Sie jetzt der Meinung sind, dass zu diesem Zeitpunkt der modische Tiefpunkt erreicht war, dann lassen Sie sich eines sagen: Unmittelbar nach der Grenzöffnung führten wir DDR-Bürger eine völlig neue Modewelle ein. Ich nannte sie früher wie heute den Lebenshilfe-LOOK. Ebenso wie die lieben, netten und völlig harmlosen geistig Behinderten von der Lebenshilfe kombinierten auch wir Zonis Farben miteinander, die in erster Linie nur eines waren – grell. Man kaufte damals nur nach einem Motto ein: Hauptsache bunt und wenn möglich irgendetwas mit Neonfarben. Es schien, als würde der DDR-Bürger versuchen, mit nur einem einzigen bonbonfarbenen Outfit das ganze Grau, die ganze Einfallslosigkeit, den ganzen textilen Mangel der letzten 40 Jahre sozialistischer Mode abstreifen zu wollen. Heraus kamen Wesen, die aussahen wie eine Kreuzung aus einem Papagei und einer Packung Smarties.

Auch ich folgte diesem Modediktat in voller Konsequenz und kaufte mir vom Begrüßungsgeld schneeweiße Knöchelturnschuhe, eine Jogginghose mit neonpinkfarbenen Applikationen und ein knallrotes Pumper-T-Shirt von Uncle Sam, das an meinem schmächtigen Körper hing wie ein Regencape von Ottfried Fischer. Vom heutigen Standpunkt aus betrachtet, würde ich sagen, ich sah damals aus wie jemand, der bei der RTL-Serie „Familien im Brennpunkt“ perspektiv- und reglos inmitten von Pizzakartons und Dosenbier auf der Couch rumhängt. Mit dem Unterschied, dass ich durchaus in der Lage war, drei zusammenhängende Sätze zu sprechen, die auch noch einen Sinn ergaben.
Problematisch war zudem, dass ich meinen Style einfach nur unglaublich funky und heiß fand. Und zwar so funky und heiß, dass ich mit dieser albernen Kostümierung sogar zur Schule ging. Da saß ich dann in einem Klassenzimmer zusammen mit Sandy, Constanze, Rene,

Tino und all den anderen… und… fiel kein bisschen auf, weil meine Klassenkameraden für ihre 100 D-Mark Begrüßungsgeld natürlich auch tief in den Grabbeltischen von Woolworth, Karstadt und Horten fündig geworden waren. Wir hatten unsere verhasste Einheitskleidung abgelegt und uns stattdessen Outfits zugelegt, die so schrill und poppig waren, dass man uns Ossis gerüchteweise sogar auf Satellitenfotos aus dem All erkennen konnte. Jeder halbwegs modebewusste Insasse der sowjetischen Besatzungszone besaß zu jener Zeit mindestens drei verschiedene Ballonseideanzüge in den Farbkombinationen Lila/Grün/Pink/Gelb/Himmelblau/Signalrot.

Aber natürlich gab es auch DDR-Bürger, die sich dieser farbenfrohen Textilrevolution entzogen. Ich nannte sie gern: sozialistische Einheits- und Jeansfront. Atemberaubend hässliche Stonewashed-Jeansjacken waren ihr Markenzeichen. Diese kombinierten sie mit… natürlich Jeanshosen, gern auch in der sogenannten Karottenform. Hardcore-Vertreter zogen unter ihre Jeans-Jacke noch ein eher fragwürdiges Jeanshemd mit irgendwelchen Ringen, Verschlüssen und Ösen an. Hätte es Jeansschuhe gegeben, wären diese Fanatiker auch damit rumgelaufen.

Zusammenfassend lässt sich jedoch eines feststellen: Ein gewisser Mangel in der Versorgung und beim Angebot fördern eindeutig die Kreativität und die Experimentierlust der Verbraucher. Jetzt, wo es immer und überall alles zu kaufen gibt, stürmen wir die KIKs, Takkos und H&Ms dieser Republik und sehen am Ende doch wieder irgendwie alle gleich aus. Heute diktiert kein Parteiapparat mehr, wie unsere Kleidung auszusehen hat, aktuell übernimmt das die Werbung und der Grundsatz: Geiz ist geil! Schaue ich mir die heutige Jugend in der Fußgängerzone an, kann ich in Klamottenfragen genauso wenig Individualität erkennen wie damals in der DDR. Da hilft auch kein Markenname, Freunde, die neue trendige Bluse von Esprit sieht trotzdem aus wie ein Pionierhemd aus dem Arbeiter- und Bauernstaat.

Wartet nur ab, in ein paar Jahren ist man als stolzer Besitzer einer Dederon-Kittelschürze aus dem VEB Chemiefaserkombinat Wilhelm Pieck in Rudolstadt auch modisch wieder ganz vorne mit dabei!

Heldensuche

Legenden sind der Stoff, aus dem Träume gemacht werden. Und Bücher und Staaten. Die DDR gründete sich auf dem Mythos, ein Staat von Antifaschisten zu sein, die USA auf dem der Demokratie. Die BRD brauchte keinen Mythos, sie hatte das Wirtschaftswunder.

Identitäten werden auch aus Legenden gemacht. Meine Mutter erzählt heute noch, wie ich mich am Tag vor der Einschulung auf einer Schaukel in den Himmel über Berlin schwang und johlte: „Hurra, morgen fängt der Ernst des Lebens an!“

Ernst war auch der merkwürdige Vorname des Mannes, dessen Legenden mich ab dem Folgetag begleiten sollten. Sein Konterfei blickte sorgenvoll über unsere Köpfe hinweg, wenn wir uns den rechten Daumen ins Auge piekten und mit dünnen Stimmchen „Immer bereit!“ schrien, obwohl wir viel lieber „Freundschaft!“ gebrüllt hätten. Wer „Freundschaft!“ brüllte, war in der FDJ und mindestens vierzehn. Wer „Freundschaft!“ brüllte, hatte den Stimmbruch mindestens fast hinter sich. Ich sollte niemals „Freundschaft!“ brüllen, aber das erfuhr ich später.

Erst einmal intonierte ich im Schulchor inbrünstig *Unsere Heimat* und *Der kleine Trompeter* und fühlte mich geborgen in diesem Staat, in dem doch alle Menschen eine Familie, weil Brüder waren.

Die Heldentaten der Genossen Lenin und Thälmann las ich in meinen Schulbüchern. Auf den Bildern dazu waren Männer mit eckigen Gesichtern unter runden Mützen und Frauen mit Kopftüchern und Mädchen mit Haarschleifen und Jungen mit Hosenträgern. Das waren die Guten, das verstand ich. Ich wollte zu den Guten gehören, soviel war auch klar. Das Problem war nur, dass ich außerhalb der Schulbücher keine Menschen finden konnte, die zu den Bildern passten. Es gab keine Jungs mit Hosenträgern und kein Mädchen, das noch halbwegs bei Verstand war, machte sich solche Schleifen ins Haar. Männer mit Mützen und Frauen mit Kopftüchern gab es, aber das waren unsere Großeltern, nicht Mutti und Vati wie in den Büchern.

Ich hatte damals schon begriffen, dass meine Oma die Mutter meiner Mutter war. Dass meine Schulbuchhelden längst ausgestorben waren, das durchschaute ich nicht. „Mama, ich möchte zur Republikgeburtstags-Parade!“, teilte ich meiner verdutzten Mutter deshalb eines Tages beim Frühstück mit.
„Wieso das denn?“, fragte sie und versuchte dabei nicht ganz so entsetzt zu klingen, wie sie in Wirklichkeit war. Schließlich gehörten meine Eltern zur Opposition, zu den so genannten Konterrevolutionären, die den Staat von innen aushöhlen wollten. Ihre Stasiakten verstopften damals schon die Behördenregale und wegen der wöchentlichen Treffen meiner Eltern mit ihren Freunden in unserem Wohnzimmer wurden bald neue Archivare angestellt. „Häkelrunden“ nannte mein Vater diese Versammlungen. Aber ich ahnte schon damals, dass dabei kein Garn verknüpft wurde. Wissen konnte ich es

nicht. Ich wurde ja immer ins Bett geschickt. Meine Eltern hatten Angst, dass ich alles in der Schule erzählen würde. Und diese Angst war nicht ganz unberechtigt.

Hätte mich damals jemand als Informeller Mitarbeiter der Staatssicherheit geworben, hätte ich wahrscheinlich sofort zugestimmt. Einfach nur, damit endlich mal jemand alle meine Geschichten anhören würde. Aber IM konnte man auch nicht werden, bevor man nicht mindestens einmal offiziell „Freundschaft!" gebrüllt hatte. Es war das reine Elend.

Was sollte meine arme Mutter mit ihrem ideologisch versauten Kind schon machen? Sie ging mit mir auf die Geburtstags-Parade. Es war todlangweilig. Der Genosse Honecker stand da und fächelte sich eine laue Genugtuung zu, ich wedelte mit einem roten Papierwimpel und wusste nicht, was ich da sollte: Die Panzer waren laut, die Kapellen auch, das war's. Ich stand hinter der Absperrung und wartete auf das erhabene Gefühl, das mich beim *Kleinen Trompeter* manchmal überkam. Kam aber nichts. Stattdessen wurde mir kalt. Ich tauschte mein rotes Winkelement gegen einen Stiel Zuckerwatte und trottete enttäuscht nach Hause. „Mama, da müssen wir nicht noch mal hingehen", teilte ich meiner erleichterten Mutter mit.

Ein paar Mal ging ich mit meinem Vater zum Fußball. Da verstand ich zwar auch nicht, worum es ging, aber ich durfte dazugehören. Die Männer auf den Tribünen hatten Helden. Und dann gleich elf Stück. Mich störte nur, dass die pausenlos rannten und ständig umfielen. Meine Helden stellte ich mir anders vor. Nicht nass geschwitzt mit hässlichen Frisuren, sondern groß. Mit großen Idealen.

In der Vierten kam Magda in unsere Klasse. Magda war kein Pionier, Magda war katholisch. Deshalb durfte sie beim Pioniernachmittag nicht mitbasteln. Sie glaubte nicht an Ernst Thälmann, sie glaubte an Gott. Ich hatte schnell den Verdacht, dass dieser Gott viel cooler war als Ernst Thälmann. Frau Reinecke bekam nämlich dieselbe Falte über dem rechten Auge, wenn Magda von ihrem Gott erzählte, wie wenn sie jemanden beim Benutzen eines Tintenkillers erwischte. Und Tintenkiller waren schließlich so ziemlich das Coolste was ging. Deshalb sagte ich zu meiner Mutter: „Mama, ich will auch einen Gott haben!"
„Aber du hast doch Kleopatra", sagte meine Mutter zerstreut. Kleopatra war ein Meerschwein, das den ganzen Tag nur verängstigt in einer Ecke seines Käfigs hockte und den Boden zukackte, wenn es nicht gerade lautstark sein eigenes Haus zerfraß.
„Aber Kleopatra ist langweilig", nörgelte ich, „ich will lieber einen Gott!" Meine Mutter gab schließlich nach und schickte mich in die Christenlehre. Zu den Evangelen, nicht zu den Katholiken. Sie sagte, ich solle erst mal gucken, ob das was für mich ist. Sie hoffte wohl, ich würde genauso schnell die Lust an diesem Gott verlieren wie vorher meine Begeisterung für Flöte, Gitarre und Klavier schlagartig nachgelassen hatte, sobald ich begriff, dass man Instrumente auch üben musste.

Der Gott, den sie bei der Christenlehre hatten, war nicht so bunt wie der von Magda, aber immerhin hatte ich erreicht, dass ich bei den Pioniernachmittagen in der Schule nicht mehr mitbasteln durfte. Das war insofern ungünstig, als dass ich damit meine wichtigste Geschenk-Produktionsstelle verlor, aber dafür gehörte ich jetzt zu den coolen Nichtbastlern.

Die Christen waren nette Menschen: Sie trugen Strickpullover und bequeme Sandalen, lächelten viel und sangen noch mehr: „Danke für diesen guten Morgen, danke für jeden neuen Tag". Erklärungen hatten die Christen nicht. Das war nicht das „Ihr seid alle Sünder und werdet in der Hölle schmoren", was ich erwartet hatte. Man sollte nur anständig bleiben. Aber anständig war ich sowieso. Ich meine, hallo, ich war zehn Jahre alt!

Die Zeiten wurden aufregender. Die wöchentlichen „Häkelrunden" meiner Eltern zogen sich immer tiefer in die Nacht hinein. Es wurde heftig diskutiert und laut gelacht, so dass kein Mensch dabei schlafen konnte. Eine freudig ängstliche Nervosität kam auf. Es war ein bisschen wie ewiger Heiligabend und die Bescherung rückte immer näher. Manchmal kam mein Vater abends nicht nach Hause und meine Mutter machte sich große Sorgen, weil die Leute anfingen zu demonstrieren und manchmal festgenommen wurden. Manchmal gingen sie auch beide demonstrieren. Vor der Gethsemanekirche. Dort standen sie im Herbst 89 und das Wachs der Kerzen lief ihre kalten Fingerknöchel hinunter. „Wie lange muss der Demonstrant eigentlich stehen bleiben?", fragte meine frierende Mutter und mein Vater, der zu dieser Zeit in Leipzig studierte und schon mehr Konterrevolutionserfahrung hatte, erklärte: „Ein Demonstrant steht so lange, bis die Polizei kommt. Und dann lässt er sich nicht erwischen!"

Das haben sie mir später erzählt, denn mich hatte man zu diesem wichtigen Anlass mal wieder ins Bett geschickt. Angeblich hatten sie Angst um mich. Ich vermute, sie machten sich Sorgen, dass ich anfangen würde, Pionierlieder zu singen und sie bis auf die Knochen blamieren würde.

Am 4. November 89 musste ich auch zuhause bleiben. Ich saß vor dem Fernseher und suchte die Menschenmasse auf dem Alex nach meinen Eltern ab. Ich sah nur fremde Leute, die laut irgendetwas riefen, was ich nicht verstand. Aber ich verstand, dass diese Leute ihre Helden gefunden hatten und dass ich wieder nicht mitmachen durfte.

Die DDR machte zu. Das Leben ging weiter. Lenin und Ernst Thälmann wurden verschrottet. Ich weiß noch, wie sie das Denkmal am Platz der Vereinten Nationen abrissen.

Unter den Lehrern brach eine große Ratlosigkeit aus. Vor allem Frau Reinecke wusste überhaupt nicht mehr, was sie uns beibringen sollte und ließ uns stattdessen tagelang mit ihren Meerschweinchen spielen. Ich ging weiter zur Christenlehre. Dort freundete ich mich mit Maria an. Magda war auf eine andere Schule gekom-

men. Maria war Hippie und Vegetarierin. Sie trug alle T-Shirts, die sie besaß, übereinander und darüber eine bunte Kollektion an Holz- und Glasperlenketten.
„Iiih, Siebziger!“, rief mein Vater, als ich mit meiner ersten Schlaghose nach Hause kam. Ich hörte auf, Fleisch zu essen, wütete in Plattenregalen und Kleiderschränken meiner Eltern und gab mein gesamtes Geld für Müll aus, wie meine Oma es nannte.
„Kind, so kannste doch nich rumlaufen“, sagte sie immer, „du siehst aus wie ein mottenzerfressener Bettvorleger!“ Die Fotos von damals beweisen, dass sie Recht hatte.

In Maria hatte ich endlich meine Heldin gefunden. Ich vergötterte sie. Was Maria machte, war cool, was Maria sagte, war Gesetz. Dann ging Maria zu Hare Krishna. „Harry Kirschner“, sagte mein Vater. Die Hare Krishnas waren bunt gekleidet, kochten gut und sangen stundenlang dieselben Lieder, bis alle dieses erhabene Gefühl ergriff, dass ich früher nur beim *Kleinen Trompeter* erlebt hatte. Ich chantete mir jeden Abend vor dem Einschlafen den Mund fusselig. Mit einer Holzperlenkette, die ich nach Marias Vorgaben aufgefädelt hatte. Ansonsten bestand mein Gottesdienst darin, das Om-Zeichen auf alle Schulbänke und Klotüren zu malen, die mir vor die Nase kamen.

Eines Tages erklärte Maria mir, dass sie jetzt in den Tempel gehen werde. Natürlich kam ich mit. Wir schliefen auf Isomatten auf dem Fußboden, standen um vier Uhr morgens auf, beteten den ganzen Tag und hörten uns Predigten von grauhaarigen Männern an, die uns erklärten, man müsse sich mit der linken Hand den Arsch abwischen, Sex vor der Ehe sei Sünde und Frauen seien durch die Augen schön und Männer durch den Geist. Maria saß verzückt da und hörte zu. Und vielleicht war das der Moment, in dem ich beschloss, mit der Heldensuche aufzuhören.

**aus „Berlin ist eine Dorfkneipe. Geschichten",*
ISBN 978-3-940767-78-3,
mit freundlicher Genehmigung des Periplaneta Verlags

Jörg Schwedler

Simson S 51 – Full Metal Schutzblech

Der Tresen der Dorfdisko schmiegte sich nach dem etwa 5. Bier an unsere Körper. Der DJ spielte wie immer die gleiche Musik. Dies war zu einer Zeit, als DJs noch Ansagen zu den Songs oder der Situation auf der Tanzfläche machten, als sie noch versuchten, hinter dem Pult zu tanzen und nicht nur mit Kopfhörern am Ohr zum Beat nickten.
Wie immer standen die gleichen Mädchen in seiner Nähe, himmelten ihn an und wünschten sich „Girls just wanna have fun“ von Cindy Lauper. Als wenn er diesen Song nicht sowieso gespielt hätte. Jede Woche dieselbe Musik und dieselben Menschen. Das Einzige, was sich in den letzten Monaten geändert hatte, war eine Nebelmaschine, die für den Kneipensaal ein Riesen-Update war, und dass wir nicht mehr mühsam mit dem Moped anreisten, sondern mit Bemme. Bemme hatte einen Führerschein, einen feinen 16hunderter Lada und mochte uns... irgendwie. Zudem durfte er harten Alkohol kaufen, was für die Anreise zum Kneipensaal ein Riesen-Update war.

Der DJ spielte gerade „Love is a shield“, als es aus Peter herausbrach: „Alta, wir müssen hier ma raus!“, rief er bierlaunig, aber voller Überzeugung. Ich stutzte. Um an die gegenüberliegende Friedhofsmauer zu kotzen, war es noch viel zu früh. Auch für Rauchen mit Varieté, also der obligatorischen Prügelei zwischen den jugendlichen Bewohnern von Dorf A und Dorf B, wobei A und B zur Abwechslung aller Zuschauer wöchentlichen rotierten, war es noch nicht die richtige Zeit. Ich schaute ihn also fragend an. Er ließ seinen Blick über den Saal schweifen: „Mal wat anderes sehn“, sagte er und deutete kopfschüttelnd auf Bemme, der sich gerade zum wiederholten Male eine Abfuhr von Mandy Prause abholte.

Die Geschichte der beiden stellte Shakespeares „Romeo und Julia“ in den Schatten eines abgegriffenen Groschenromans. Mit 15 verliebte sich Bemme in Mandy. Sie stand aber nur auf Typen mit Moped. Als er ein Jahr später nach dem 3. Versuch endlich den Lappen in der Hand hielt, stand sie bereits auf Typen mit Auto. Und als er schließlich 18 war und voller Stolz in seinem mit Golfringen verzierten Lada vorfuhr, stand Mandy nur auf Typen mit Westauto. Es war ein Drama.

„Dänemark!“, rief Peter plötzlich, „nur wir beede und die Böcke“, wobei er mit den Böcken unsere Mopeds vom Typ Simson S51 meinte. Er hielt mir sein Glas vor die Nase und ich klopfte das Ding im klassischen Bier-Blues ab, was nicht nur eine bescheuerte Idee, sondern durch das Abklopfen sozusagen auch notariell bestätigt war. Ich erhöhte die Schlagzahl der Getränke, weil ich zum einen wusste, dass Bemme nach der Abfuhr nicht mehr lange bleiben würde, zum anderen hoffte ich insgeheim, dass Peter die Gehirnzelle, die für seinen Plan zuständig war, noch an diesem Abend vernichten würde. Klappte nicht!

Drei Wochen später stand Peter vor der Tür. Die meisten Klamotten packten wir in Rucksäcke und zurrten den Rest irgendwie an den Mopeds fest. Die Idee, einen Klaufix zu nutzen, verwarfen wir nach einer sehr kurzen Testfahrt wieder. Als erstes Ziel hatten wir uns Bredebro ganz im Süden ausgesucht, dann würden wir weiter schauen.

Von Osterburg bis Bredebro waren es etwa 400 km. Auf die Autobahnen verzichteten wir, da unsere 3,7 PS-starken Maschinen nur eine Höchstgeschwindigkeit von 60 km/h erlaubten. Wir hatten zwar an dem einen oder anderen Schräubchen gedreht, aber bei unserem Gepäck mussten wir Abstriche machen.
Wir kratzten unser letztes Geld zusammen, dann knatterten wir los. Feinster Sonnenschein und ein laues Lüftchen wehte. Hinter Wittenberge bemerkte ich, dass ich noch nie weiter mit meiner Simson von zu Hause weg war. Wir fuhren die Elbe entlang und passierten die ehemalige Grenze. Wir fühlten uns wild und frei und uns tat der Arsch weh. Jetzt schon.

Durch das Gewicht hingen die Kisten ziemlich durch. Auch der Benzinverbrauch überschritt die von uns berechneten 2,5 Liter auf 100 KM etwas. Aber das war kein Problem. Wir hatten einen Plan. Immer wenn wir auf der Strecke nach Dänemark tankten, steckten wir die zu bezahlende Summe noch mal zusätzlich in unsere Tasche. Damit war der Rückweg gesichert. Es gab die eine oder andere Pinkelpause, ansonsten nur Strecke reißen. Unterm Arsch das ewig gleiche monotone Vibrieren. Dass wir unsere Endschalldämpfer zwecks

Sound-Verbesserung durch Cola-Dosen ausgetauscht hatten, sollte sich nun rächen. Ich war mir zu diesem Zeitpunkt nicht sicher, ob ich jemals noch Kinder zeugen würde.
Auf Höhe Geesthacht war ich mir nicht mal mehr sicher, ob ich jemals wieder Sex haben würde. In Hamburg machten wir einen Abstecher auf die Reeperbahn. Wir knatterten mit unseren Maschinen über die Meile und fühlten uns wie knallharte Nachwuchs-Luden. Trabanten kannte man zu dieser Zeit in Hamburg schon, aber unsere Simsons sorgten doch für einige Aufmerksamkeit. Vor allem die lahmarschigen Mofafahrer staunten nicht schlecht.

Hinter Hamburg bauten wir im Grünen unsere Zelte auf, machten ein Feuer und genossen einen Schluck Goldkrone unterm Sternenzelt. Auf Bier haben wir mangels Platz verzichtet. Nur Nahrungsmittel und Goldkrone war im Gepäck. Zudem Ersatzvergaser, Öl, Zigaretten, ein Zelt und zwei Schlafsäcke. Wechselklamotten wurden sehr sparsam verpackt, wir nahmen uns vor, in der Nordsee zu waschen. Am frühen Morgen ging es dann weiter auf den direkten, aber sehr langen Weg nach Bredebro. Mit der Vibration hatte ich keine Probleme mehr, da ich zu diesem Zeitpunkt meinen Körper überhaupt nicht mehr fühlte. Wir überquerten die Grenze und schließlich kamen wir in Bredebro und an einem Campingplatz an.
Uns und unseren Ärschen war klar, dass wir diesen Campingplatz unter gar keinen Umständen mehr verlassen würden, also buchten wir für die ganze Woche. Schon beim Aufbau des Zeltes wurde uns eins klar: Es

gab auf dem gesamten Gelände nicht einen einzigen Menschen unter 40 Jahren.

Es gab nur Dauercamper, die uns interessiert musterten. Nach einem Abstecher zur Nordsee sicherten wir uns eine Feuerstelle, verschlangen einen ungarischen Dosen-Feuertopf und tranken ostdeutsches Feuerwasser. Dabei kam es zum ersten Kontakt mit einem dänischen Einwohner. Er stellte sich als Magnus vor und wir kamen ins Gespräch. Um die bilateralen Beziehungen zu verbessern, erklärten wir ihm, dass Dänemark der wohl sympathischste Europameister aller Zeiten war, und wir die Niederlage im Finale sehr gut verdaut hätten, da die Skandinavier sowohl England als auch Frankreich bereits in der Vorrunde nach Hause schickten. Obwohl seit dem 2 Jahre vergangen waren, hatten wir den richtigen Nerv getroffen. Wir tranken gemeinsam, obwohl der gemeine Däne sich sehr schwer tat mit unserem „Great Stuff from East-Germany" und zu Magnus gesellten sich noch Cecille, Mads, Freja und Erik. Wir wurden über die DDR, unsere Reise und unsere Mopeds ausgefragt und verteilten fleißig Goldkrone. Wir waren die Attraktion des Campingplatzes. Immer mehr Menschen stießen dazu. Es entwickelte sich eine gewaltige Party und die Ostdeutsch-Dänische Freundschaft wurde intensiv gefeiert.

Irgendwann gegen Mittag wachte ich mit einem Kater der Extraklasse neben dem Grill auf. Was für eine erste Nacht. Wir waren glücklich. Aus allen Ecken grüßten uns die Leute. Die Euphorie wurde dann aber abrupt gebremst, als wir merkten, dass unser gesamter Essens-

und Getränkevorrat den ersten Tag nicht überdauert hat. Das war ein großes Problem, da wir durch die Campingkosten auch finanziell nicht mehr gut bestückt waren. Abends saßen wir an der Feuerstelle und machten uns große Sorgen. Wir versuchten bereits auszurechnen, wie viel Sprit wir durch das Weniger an Gepäck auf den Rückweg sparen würden und ob es sich lohne, das Zelt zurückzulassen, da kam Magnus zur Feuerstelle, begrüßte uns freundlich und stellte Brote, unglaublich leckere Fleischtomaten und 2 Flaschen Wein auf den Tisch. So ging es dann Tag für Tag weiter. Den Nachmittag verbrachten wir am Strand, und abends trafen wir uns an der Feuerstelle. Uns wurde berichtet, dass der Campingplatz noch nie zuvor so eine Party wie die am ersten Abend erlebt hatte. Die Dänen dankten es uns und retteten im Gegenzug zwei Ostdeutsche vor dem sicheren Hungertod. Es war ein großartiger Urlaub. Die Rückfahrt war dann wieder die absolute Hölle, aber wie so oft erinnert man sich später nur an die schönen Dinge.

Die Wege von Peter und mir trennten sich irgendwann und das Leben nahm seinen Lauf. Ein paar Jahre später trafen wir uns überraschend wieder. Es war auf der Hochzeit von Bemme und Mandy. Nach ein paar Bier deutete er schmunzelnd auf Bemme und sagte: „Alta wir müssen hier ma raus!“
Ich nickte zustimmend: „Bredebro soll zu dieser Jahreszeit sehr schön sein“

Mike Altmann

Dafür bin ich '89 nicht auf die Straße gegangen

Wofür bin ich eigentlich '89 auf die Straße gegangen? Ich war 15 Jahre alt. Schon früh lernte ich, dass es vorteilhaft ist, wenn ich dem DDR-System den Glauben vermittle, dass ich Erich und Co. total knorke finde. Mit dieser Einstellung befand ich mich in allerbester Gesellschaft. Angela Kasner zum Beispiel war stellvertretende FDJ-Vorsitzende an der Erweiterten Oberschule, studierte später in Leipzig und promovierte in Berlin, wo sie jeweils auch im Blauhemd munter agitierte. Trotzdem hat sie es nach oben geschafft, die Kasner Angela, die sich mit einem Herrn Merkel für kurze Zeit verheiraten ließ. Es ging ihr nicht um Liebe, sondern um den Namen. Bundeskanzlerin Kasner klingt genauso Käse wie Angela Sauer, wobei das prächtig mit ihren Gesichtszügen harmonieren würde. Doch das nur am Rande.

Ich lernte also von der späteren Bundeskanzlerin und passte mich schon als Neuntklässler dem System an. Wer Abitur machen wollte, brauchte einen systemkonformen Berufswunsch, denn es gab nur wenige Plätze für die Erweiterte Oberschule. Das hatte ich zunächst unterschätzt und blieb trotzig bei meinen Zielen: Ich wollte zur Handelsmarine oder als Journalist aus der weiten Welt berichten. Mein Beispiel diente bei Elternabenden als abschreckende Warnung vor naiven Träumereien. So wäre ich wohl nach der zehnten Klasse in irgendein Kombinat zur Ausbildung an Schraubstock und Feile geschickt worden, wo meine beiden linken Hände dem Sozialismus endgültig den Garaus bereitet hätten. Dies wollte ich weder mir noch meinem Vaterland antun.

„Na gut, wenn es unbedingt sein muss, werde ich eben Lehrer", dachte ich Ende der 9. Klasse laut nach. Warum ich das denn nicht früher gesagt hätte, gurrte meine Klassenlehrerin, eine sehr attraktive Mittzwanzigerin, die ich persönlich am liebsten von hinten sah. Meinen beruflichen Sinneswandel steckte sie sofort der Direktorin, einer gefürchteten linientreuen Kommunistin, die ich auch am liebsten von hinten sah, allerdings aus einem ganz anderen Grund.

In Windeseile wurde ich zum Abitur angemeldet. Damit stand meiner Karriere als Opportunist nichts mehr im Weg. Ohne erkennbaren Widerstand ließ ich mich als Gegenleistung zum stellvertretenden GOL-Vorsitzenden wählen, also dem zweitmächtigsten FDJler der Schule. Die nächsten Schritte waren so sicher wie das „Freundschaft" beim Fahnenappell: Drei Jahre Ehrendienst bei der Nationalen Volksarmee und Aufnahmeantrag als Kandidat der SED. Doch die Weltpolitik meinte es gut mit mir. Keine drei Wochen nach der FDJ-Wahl, es war ein milder Spät-Oktobertag 89, saß ich in der Görlitzer Frauenkirche bei meinem ersten Friedensgebet. In den Augen der Menschen spiegelten sich die Tränen der Wut und die Kerzen der Hoffnung. Mein Körper war voll mit Revolution.

Anschließend lief ich bei der ersten spontanen Demonstration durch Görlitz mit. 150 waren wir, so las ich jetzt in einer Chronik, die ich im Internet fand. Nur 150? Das kam mir damals deutlich mehr vor. Wir waren gefühlt eine Million und zogen zunächst schweigend durch die langsam verfaulende Innenstadt. Später dann die ersten Sprechchöre, die wir aus Spiegel TV kannten: „Keine Gewalt". Und: „Wir sind das Volk". Und: „Schnitzler in die Produktion". Unauffällige Herren in zeitlosen Kunstledermänteln am Straßenrand notierten eifrig mit. Die sehen also wirklich so aus, dachte ich mir ohne jede Angst, denn wir waren eine Million. Irgendwann rief jemand: „Auf zum Oberbürgermeister!" Butziger. Kurt Butziger. Ein gut genährter Nichtsnutz. Zehn Jahre lang saß er an der Stadtspitze. Zehn Jahre, in denen die Altbauten immer mehr verfielen und die Sprengung von Denkmälern vorbereitet wurde. Bei der Mai-Demonstration zogen wir noch klatschend an seiner Ehrentribüne vorbei und flüsterten in einer Art persönlichem Widerstand: „Unter Butziger wird Görlitz immer schmutziger." Unter Butzigers Schlafzimmerfenster im Neubaugebiet flüstern wir nicht mehr. „Butziger raus!", rufen wir, „Die Mauer muss weg!" und „Freie Wahlen!"

Die freie Wahl hatten damals auch diejenigen, die unsere Demo vom Balkon aus beobachteten. „Fernseher aus – auf die Straße raus", sang unser Gefangenenchor. Von den meisten wurden wir nur ausgelacht und als Mob beschimpft. Ihren sicheren Platz vor dem Fernsehgerät verließen diese gelernten DDR-Bürger erst, als Schabowski einen Zettel falsch interpretierte und der

Rückenwind stabil genug war. Dann riefen sie: „Wir sind ein Volk“, und wedelten siegesbesoffen mit selbst gebastelten Deutschland-Fahnen, die sie am 7. Oktober zum 40. Geburtstag der DDR noch pflichtbewusst auf dem Balkon gehisst hatten. Sie schnitten Hammer, Sichel und Ährenkranz aus der Fahne und ihre Haltung aus den Köpfen. Neues Land, neuer Führer, neue Mark. Wer braucht da schon ein Neues Forum?

Das war's. Ein Land verkaufte sich für 100 Mark Begrüßungsgeld, regelmäßig Bananen ohne Anstehen und ein Märchen von blühenden Landschaften. Keine Ahnung wofür genau, aber für Kohl bin ich 89 nicht auf die Straße gegangen.
Ich war 15. Heute bin ich dankbar für das Timing meiner Geburt. Ich wurde spät genug geboren, um nicht wirklich unter Freiheitsentzug zu leiden. Und früh genug, um dieses Land, das irgendwann nur noch eine Randnotiz in den Geschichtsbüchern sein wird, bewusst zu erleben. Woran werde ich wohl denken, wenn mein Lebensfilm rückwärts bis zur DDR spult? Ich hoffe, an Kati Witt. Sag mal, alter westdeutscher Freund: Warum habt ihr eigentlich nie sowas Schönes hervorgebracht?

Matthias Klass

Rechenschaftsbericht des Politbüros

Liebe Genossinnen und Genossen, liebe Gäste aus den sozialistischen Bruderländern, liebe sogenannte Kunstschaffende.

Am Vorabend der Wahlen zum neuen Zentralkomitee der Sozialistischen Einheitspartei Deutschlands, gestatten sie mir, das Wort zu ergreifen, und an sie zu richten, um noch einmal ins Licht der Geschichte zu stellen, welchen großen Glücksfall der Geschichte der Beitritt der 54 neuen Bezirke im Westen unseres Landes zum Hoheitsgebiet der DDR wirklich bedeutet.

Wir alle haben die epochalen Bilder nicht vergessen, als das Volk der ehemaligen BRD gegen das Unrechtsregime der kapitalistischen Ausbeutung aufstand und in der friedlichen Revolution vom Herbst 1989 die Bonner Machthaber hinwegfegte. Und schließlich der freigewählte Vertreter der Revolution, Genosse Karl Dall, in einem symbolischen Akt die BRD an den Genossen Erich Honecker übergab.

Wer erinnert sich nicht an die Schlangen von Millionen Bundesbürgern, als sie das erste Mal in ihren klapprigen Golfs und rostigen Opels unser sozialistisches Arbeiterparadies besuchen durften? Wie sie staunend vor unseren schönen Neubaugebieten standen und die vielen bunten Wartburgs und Trabbis auf unseren Straßen bewunderten?

Es sollte der Beginn einer Entwicklung sein, die nicht mehr zu stoppen sein sollte und unumkehrbar war. Heraus aus der menschlichen Kälte kapitalistischer Isolation, hinein in die wohlige Geborgenheit der sozialistischen Wertegemeinschaft.
Vieeeeel Geduld mussten die alteingesessenen DDR-Bürger aufbringen, die in Grenznähe wohnhaft waren. Schwappten doch ganze Heerscharen von Bundesbürgern durch die Kaufhallen, um endlich in den Genuss von Waren zu kommen, die ihnen seit den Zeiten der Adenauer-Administration vorenthalten wurden.

Von Ata bis Spee, von Tempolinsen bis Moccafix, egal ob die beliebten Biersorten der VEB Brauereien der DDR oder Vita Cola. Für die HO- und Konsumkaufhallen bedeutete es einen enormen Kraftakt, diesen gigantischen Ansturm nicht in die kapitalismustypischen Mangelwirtschaftserscheinungen abgleiten zu lassen. Ganz zu schweigen vom Personal ihrer sozialistischen Brigaden, die an ihre Leistungsgrenzen gingen, wohl wissend, dass die Geschichte ihre Leistungen nicht vergessen wird.

Liebe Genossinnen und Genossen. Liebe Brüder und Schwestern aus den sozialistischen Bruderländern, liebe sogenannte Kulturschaffende,

Unvergessen sind die Menschenmassen, die an den provisorisch errichteten Umtauschfilialen der DDR-

Staatsbank von Flensburg bis nach Berchtesgaden anstanden, um ihre wertlos gewordene D-Mark gegen die begehrten „Alu-Chips“, wie die DDR-Mark liebevoll genannt wurde, einzutauschen.

Und dieselben Szenen wiederholten sich landesweit, als die Finanzexperten der Warschauer Vertragsstaaten einen Schachzug beschlossen, der in der Menschheitsgeschichte der Finanzwelt bis heute ohne Beispiel ist: Die flächendeckende, europaweite Einführung des Zlotys als einzig gültiges Zahlungsmittel in der sozialistischen Hemisphäre.

Über Nacht praktisch alle Menschen Deutschlands zu Millionären zu machen, ist eine Meisterleistung, die der reaktionäre Kapitalismus niemals hätte vollbringen können.

Immer wieder, liebe Genossinnen und Genossen, erreichen uns im ZK Dankesbriefe von Bürgern der ehemaligen BRD, deren Dankbarkeit der Führung der Partei der Arbeiterklasse gilt und deren Gefühl der Erlösung kaum in Worten gefasst werden kann. Und so denke ich, dass wir am Vorabend der Wahlen in unserer Republik gut daran tun, uns unserer Verantwortung zu erinnern und zur Würdigung der großartigen Leistungen unserer Staats und Parteiführung jenen das Wort zu erteilen, die in der friedlichen Revolution von 1989 den Weg für den Sieg des Sozialismus auch in den 54 neuen Kreisen im Westen unserer Republik geebnet haben.

So erreichten uns folgende Zeilen:

„Welch wunderbares Glückes Geschick, dass seit 1989 auch bei uns im Westen die Programme des DDR-Fernsehens frei empfangbar sind. Nie wieder dekadentes Fernsehen alla „Schlag den Raab“ oder „Verstehen sie Spaß“, schreibt uns der Kulissenschieber des DDR-Kinderfernsehens in den Studios München, Thomas Gottschalk. „Nicht auszudenken“, schreibt er weiter, „dass sogar geplant war, für diese reaktionäre Art der Volksverdummung Bezahlgebühren zu verlangen.“ Er selbst sei so froh, nicht mehr in albernen Kostümen den Grüßaugust des Abendfernsehens spielen zu müssen, um sich dann später in den Gazetten der Burda- und Springerpresse wiederzufinden.

Oder dieser Brief hier:

„Die Kinder- und Jugenderziehung zu sozialistischen Persönlichkeiten ist gelebte und beispiellose Erfolgspädagogik, die so im BRD-Kapitalismus niemals möglich gewesen wäre. Dass gerade die frühestmögliche Einflussnahme auf die Entwicklung der Kinder Garant dafür ist, dass auch in Zukunft die Einheit von Volk und Partei der Beton sind, der unserer Gesellschaft zusammenhält, hat sie als erstes nach dem Beitritt der ehemaligen BRD zur DDR verinnerlicht“, schreibt uns die Putzfrau des NVA-Kindergartens von Jüterbog, Ursula von der Leyen.

Auch im Bereich der Unterhaltung haben viele Westdeutsche große Anpassungsleistungen vollbracht, wie der folgende Brief zeigt.

„Wie gut, dass Musik nun nicht mehr als Geldbeschaffungsmaschine für einige wenige Produzenten und Musikagenturen, sondern dem ganzen Volke dient. Nicht mehr die menschenverachtenden Castingagenturen haben das Monopol auf die Entscheidung darüber, wer auf die Bühne darf, sondern die Kulturkommissionen der FDJ."
Und das garantiere schließlich „Unterhaltung vom Volk für das Volk", lässt uns der Regaleinräumer der Musikwarenabteilung aus dem Centrum-Warenhaus Dresden, Dieter Bohlen, wissen.

In der Welt des Sportes profitieren seit 1989 auch die Ex-Proficlubs der sogenannten Fußballbundesliga von den Errungenschaften sozialistischer Moral und Ethik. Dafür mag der folgende Brief als Beleg gelten, der uns aus München erreichte:

„Es ist ein tolles Gefühl, nur noch für den Sport und für die Erreichung meiner persönlichen Ziele innerhalb meiner sozialistischen Brigade da zu sein. Nie wieder kapitalistisches Raubrittertum unter den Deckmantel sportlicher Vergleiche! Nie wieder Personenkult im Stadion durch den massenhaften Verkauf von sogenannten Fanartikeln. Nie wieder ein Scheinsportleben, dass durch die Werbung diktiert wird", schreibt uns der Abteilungsleiter, der Sektion Fußball des bayrischen Kreisligisten BSG Bayern München, Franz Beckenbauer. Beckenbauer, der im Beruf als Bandarbeiter der bayrischen Sachsenringwerke Trabantrücklichter montiert, führt weiter aus: „... dass bedauerlicherweise noch längst nicht alle Neu-DDR-Bürger in den 54 neuen

Bezirken gefestigte sozialistische Persönlichkeiten sind. Immer wieder treten bei manchen der Neu-DDR-Bürger alte Krankheiten aus der Zeit des kommerziellen Raubtierprofisports zutage." Wobei Beckenbauer wohl auf den aktenkundig gewordenen Fall des Toilettenpächters in der Münchner Karl-Marx-Arena anspielte, der die Einnahmen des Kreisliga-Derbys gegen die BSG 1860 München zu unterschlagen versuchte. Selbstverständlich entging diese Missetat den wachsamen Augen der zuständigen Organe der DDR nicht! Und so büßt der Missetäter derzeit eine 15-jährige Haftstrafe in der Strafvollzugsanstalt Bautzen ab. Die Chancen auf eine vorzeitige Entlassung stehen für Uli Hoeneß sehr schlecht.

Und so sehen wir, liebe Genossinnen und Genossen, dass wir nicht nachlassen oder gar ruhen dürfen, im Bestreben, dem Sozialismus auch in den Köpfen der Menschen zum Sieg zu verhelfen. Lasst uns diesen Gedanken verinnerlichen und auch bei den künftigen Wahlen den Kandidaten der Partei der Arbeiterklasse das Vertrauen schenken!

Ich danke Ihnen!

André Bohnwagner

Grenzverkehr

Am Tag meiner Geburt wurde in der Volksrepublik Polen das Kriegsrecht ausgerufen. Da ich nur 30 Kilometer vor der polnischen Grenze geboren wurde, glaube ich nicht an einen Zufall. Offiziell wurde dieser Ausnahmezustand verhängt, weil die Solidarność-Bewegung um Lech Wałęsa politische Reformen forderte und die Sicherheitsorgane darin eine Bedrohung für die öffentliche Ordnung sahen.
Inoffiziell glaube ich jedoch, dass es eine klare Ansage in meine Richtung war, keine Faxen zu machen. Immerhin waren die Geheimdienste des Ostblocks so stark miteinander vernetzt, dass man sich sofort gegenseitig informierte, wenn irgendwo ein potenziell gefährliches Individuum geboren wurde.

Während ich also mein erstes Fläschchen bekam, gab es in Polen ab zehn Uhr abends eine Ausgangssperre und im ganzen Land wurden die Telefonleitungen für einen Monat komplett abgeschaltet. Hätte man in der DDR nicht machen müssen, bei uns hatte eh kaum jemand ein Telefon. Da ich in der Kinderkrippe unkompliziert war und nach Einschätzung der Krippenleitung keine Gefahr darstellte, wurde unser östlicher Nachbar nach eineinhalb Jahren wieder zurück in den Normalzustand versetzt. Trotzdem, oder vielleicht gerade deswegen, begegnen Polen und ich uns seit jeher mit einer gehörigen Portion Respekt voreinander. Von allen Ländern des Ostblocks hatte ich zu Polen auch schon immer den größten Bezug.

Es muss kurz vor meiner Einschulung gewesen sein, als ich das erste Mal in Polen war. Für uns als Familie bedeuteten diese kurzen Auslandsbesuche immer etwas Besonderes. Da wir als politisch unzuverlässig galten, konnten wir im Sommerurlaub nicht nach Goldstrand oder auf die Krim. Nur meine Großmutter durfte einmal mit dem Zug der Deutsch-Sowjetischen Freundschaft nach Minsk und Tallinn fahren. Aufgrund ihres Arbeitsplatzes war sie auch vertrauenswürdig genug, immerhin arbeitete sie als Pförtnerin im Hotel *Roter Oktober*. Es wurde nach der Wende übrigens in *Hotel Baltic* umbenannt, aber der alte Name wurde bei uns im Ort noch lange verwendet, bis in die späten Neunziger. Jedes Mal, wenn wir in die alte Heimat fuhren und ganz westlich-dekadent im Hotel übernachteten, hieß es, wir schlafen „im Roten". Zu DDR-Zeiten war es eine beliebte Unterkunft für großmäulige Sachsen, die bei der Wismut waren. Heute ist es ein beliebtes Wellness-Hotel für großmäulige Sachsen, die früher bei der Wismut waren.

Ich erinnere mich noch gut daran, wie wir mit dem schwarz verdienten Westgeld meiner Eltern in einer Schlange standen und darauf warteten, dass die polnischen Zöllner uns endlich über die Grenze ließen. Ziel unseres Ausflugs waren nicht etwa Kunst und Kultur, sondern der örtliche Polenmarkt, eine Art privat organisierter Intershop unter freiem Himmel. Nach einer Viertelstunde Fußmarsch erreichten wir eine Uferböschung an der Ostsee. Da standen nun Zbigniew und Jerzy hinter ein paar Tapeziertischen und versuchten, an uns ihren Plunder zu verhökern, den sie nicht einmal ihrer Familie zumuten würden: einteilige Schuhpaare, Lederjacken, Fellmützen und Spielzeug. Die kaufwilligen Tagestouristen aus der DDR waren angesichts des unspektakulären Angebots nicht gerade begeistert, aber die Polen hatten schon damals einen Trick perfektioniert, um die Menschen zum Geldausgeben zu bewegen. Zwischen uns drängelten sich immer wieder Einheimische vor, die so taten, als ob sie gleich alles leer kaufen würden und damit den Ur-Reflex der DDR-Bürger weckten: lieber schnell irgendetwas mitnehmen, bevor es weg ist.

Das war sogar doppelt clever, wenn man bedenkt, dass die Polen ihrerseits auch regelmäßig in die DDR kamen, um bei uns die Regale leer zu kaufen. Vor allem Klamotten, Schuhe und Zucker. Ich weiß nicht mehr, was meine Eltern und meine Schwester auf dem Polenmarkt erstanden, aber ich holte mir zwei Lineale mit Wackelbildern der Schlümpfe. Die Schlümpfe und Polen waren eine Konstante in meiner Kindheit. Bevor wir Westfernsehen hatten, konnten wir den Fernsehsender *Polen 1* empfangen, quasi das ProSieben des Ostblocks. Jeden Sonntag von 19 Uhr bis 19.30 Uhr liefen dort die Schlümpfe, natürlich auf Polnisch, die mein festes Sonntagabendritual waren, bevor es für mich ins Bett ging.

Mit dem Fall des Eisernen Vorhangs erlebte auch die Marktwirtschaft einen Aufschwung. Die Polen hatten mittlerweile auf Kapitalismus umgeschult und begriffen, dass nicht mehr das Angebot die Nachfrage bestimmt, sondern umgekehrt. Der Markt wurde in Grenznähe verlagert und mehr als einhundert Stände offerierten jetzt stangenweise Zigaretten, Tarnklamotten, ferngesteuerte Autos, vom Lastwagen gefallene Fernseher, Stereoanlagen und Aufnäher von Heavy-Metal-Bands. Bei unserem ersten Besuch nach der Wende drückte mir mein Vater ein paar Westmark in die Hand und gab mir mit auf den Weg, unbedingt zu feilschen. Die Mondpreise der Polen wären nämlich reine Verarsche. Er hatte Recht und Preisnachlässe von mehr als 50 Prozent waren keine Seltenheit. Nach ein paar Stunden Umherstreunen auf dem neuen Polenmarkt fuhr ich mit zwei richtig coolen Walkie-Talkies wieder nach Hause. Und nur eine Woche später waren die Dinger bereits kaputt. Kurwa!

In der ersten Hälfte der Neunziger waren die Polenmärkte ein Klassiker. Heute gibt es dort fast nur noch Käse, Butter und CDs von Helene Fischer zu kaufen, aber damals war es das gelobte Land. Zumindest für Leute aus dem Osten.
Vor der Grenze stauten sich die Autos teilweise kilometerlang und der Grenzparkplatz kollabierte regelmäßig unter diesem Ansturm. Viele parkten in weiser Voraussicht einfach am Straßenrand und liefen dann eine halbe Stunde zu Fuß. Besonders der Zigarettentourismus war legendär: Unsere Verwandten fuhren fast alle zwei Tage rüber, um Kippen zu kaufen. Teilweise überschritten die Benzinkosten sogar den Preis, den man für die gleiche Menge Schachteln zu Hause am Automaten gezahlt

hätte, aber dieser Goldgräberstimmung konnte sich einfach niemand entziehen. Allein schon der Gedanke an billige Zigaretten hätte auch Lahme wieder zum Gehen gebracht. Besonders beliebt waren Friseurbesuche für die Frauen und Sportklamotten für die Jungs und Männer. Wenn man heute darüber spricht, dass viele Ostdeutsche in den Neunzigern beschissene Klamotten anhatten, dann darf man den Einfluss der Polenmärkte dabei nicht vergessen.

Meine Großeltern haben mir einmal zum Geburtstag eine gefälschte Jogginghose von Adidas gekauft. Der Adidas-Schriftzug war sogar richtig geschrieben, allerdings war die Hose so schlecht verarbeitet, dass die Druckknöpfe bei jeder Bewegung klackerten. Was bin ich froh, dass die Polenmärkte mittlerweile auf Fälschungen von Jack Wolfskin und Camp David umgeschwenkt sind!

Den letzten großen Boom erlebte der Einkaufstourismus vor dem EU-Beitritt Polens im Jahr 2004, allerdings hatte der Seeweg mittlerweile die Straße abgelöst. Für fünf Euro konnte man eine Stunde über die Ostsee schippern und sich dabei mit günstigem Alkohol zulöten. Ich erinnere mich noch dunkel an den Wodka-Lemon für einen Euro, dann wurde für eine Viertelstunde am Hafen von Świnoujście angelegt, damit man zumindest offiziell auf polnischem Staatsgebiet war und der bootseigene Duty-Free-Shop die Schleusen öffnen konnte. Eine Stange f6 light kostete dort gerade mal sechs Euro. Mein Kumpel Tino hat diese Tour jeden Tag gemacht und ich staunte nicht schlecht, als er einmal seinen Kofferraum öffnete und darin über dreißig Stangen Zigaretten lagen, die er dann für fünfzehn oder zwanzig Euro weiterverkaufte. Nicht nur unsere polnischen Freunde, sondern auch wir Ossis wissen eben, wie man einen guten Schnitt macht.

Als Deutscher im Ausland habe ich immer das Gefühl, auf drei Dinge reduziert und angesprochen zu werden: Hitler, Mercedes Benz und Bayern München. Wenn ich dagegen in einer der ehemaligen Volksrepubliken bin und klarstelle, dass ich im Ostteil Deutschlands geboren wurde, dann betrachtet man meine Herkunft mit Wohlwollen. Erzähle ich in Polen, dass ich aus der DDR komme, dann denken die älteren Semester nicht an Blitzkrieg und Panzer, sondern an den Warschauer Pakt, gegenseitige Einkaufstouren und an die Friedensfahrt. Und sie wissen, dass sie mich nicht über das Ohr zu hauen brauchen, weil ich ihr Land mittlerweile kenne wie mein Wohnzimmer. Und deswegen fahre ich noch immer gerne nach Polen.

Dzień dobry.
Uwaga.
Jak się masz.
Dziękuję.

Kirsten Fuchs

Der Nachtschrank

Wir heben den Nachtschrank hoch, Position A. Einer hinten, einer vorn.
„Aber dann muss ich die ganze Zeit rückwärtsgehen“, sagt Anton.
„Genau, rückwärts“, sage ich. „In der Zeit zurück.“
„Vorwärts immer, rückwärts nimmer“, leiert Anton mit Honeckerstimme.
„Geh mal aus dem Weg“, sage ich zur Tochter, die im Flur steht. „Papa fällt sonst über dich drüber.“
Wir tragen den Nachtschrank bis zur Wohnungstür und setzen nochmal ab.
„Du weißt echt nicht, wo der Schlüssel ist, Maus?“, frage ich ein letztes Mal. „Denk doch mal nach“, sage ich, „Dieser Schlüssel. So eckig vorne und hinten hatte der einen Bart.“
„EINEN BART?“, schreit die Tochter und lacht.
„Sagt man so. So heißt das vorne dran. Hast du den gesehen? So einen grauen Schlüssel.“
„Nein, keine Ahnung!“
Sie sagt „keine Ahnung“ wie „ist mir doch egal“. Bestimmt ist die richtige Antwort: „Hab ich vergessen“. Die Tochter hat einen Kaufmannsladen, in dem alles verschwindet. Nachts kommen Fabelwesen und kaufen dort ein. Irgendeines dieser Fabelwesen muss den Schlüssel zu meinem Nachtschrank gekauft haben. Was macht das Fabelwesen jetzt damit? Das Portal zur Vergangenheit öffnen?

„Was ist da drin in dem Schrank, Mama?"
„Meine Tagebücher, Maus. Zieh mal die Schuhe an. Wir wollen zum Schuster."
Wir heben wieder an. Position A getauscht. Ich vorne, Anton hinten. Es geht sich schwer so. Rückwärts. In der Zeit zurück. Das tut ein bisschen weh. Im Rücken. Im Herz.
Wir heben wieder an. Fast fluche ich Wörter, die ich der Tochter verboten habe. „Da sind ein paar Jahre drin", schnauft Anton. „Die schweren Jahre."
Die Tochter drückt den Fahrstuhlknopf, drückt den Fahrstuhlknopf und drückt nochmal den Fahrstuhlknopf. „Wieso nehmen wir denn den Schrank mit zum Schuster?"
Ich erkläre, dass der Schuster auch ein Schlüsselmacher ist und dass ich hoffe, dass er einen Schlüssel hat oder anfertigt, mit dem der Schrank wieder geöffnet werden kann.
„Warum hast du denn abgeschlossen, Mama?"
„Warum? Warum?", sage ich. „Weil ein Schloss am Schrank ist und ein Schlüssel drin steckte. Weils geht. Darum. Warum hast du den Schlüssel abgezogen? Weils geht. Und warum leckt sich der Hund die Eier?"
Die Tochter schaut mich groß an.
„Kolja hat doch gar keine."
„Ja, unser Hund leckt sich nicht die Eier. Weils nicht mehr geht."
Wir bugsieren den Schrank in den Fahrstuhl. Anton erklärt dem Kind, dass in dem Schrank Tagebücher sind. Und dann erklärt er, was Tagebücher sind und dann erklärt er, warum man einen Schrank mit Tagebüchern abschließt. Damit das nicht jeder liest.

Ich denke an meine Rechtschreibschwäche. Ich bin in Sachsen geboren. Für mich gab es keinen Unterschied von g und k, p und b, t und d. Das mag noch gehen, aber meine Pubertät war so pubertär. Es wäre besser, keine Beweise zu haben. Mit 12 kam die Wende in mein Leben geballert wie ein Irrer mit der BRAVO in der Hand.
Meine Tagebücher aus den Jahren gehören verbrannt oder weggeschlossen.
Der Fahrstuhl kommt unten an und als ich denke, dass die Tochter erstmal keine weiteren Fragen hat, hat sie doch noch eine: „Warum willst du denn den Schrank jetzt wieder aufschließen, Mama?"
„Ich will nachsehen, ob die Tagebücher noch da sind."
„Na klar sind die noch da. Sonst wäre doch der Schrank ganz leicht."
Anton und ich heben den Schrank in Position C, einer links, einer rechts und weil wir so nicht durch die Fahrstuhltür kommen, laufen wir beide seitwärts.
„Aber vielleicht sind ja auch nur lauter Wackersteine drin", sage ich. „Maus, mach schon mal die Haustür auf. Bitte!"
Wir laufen in Position D, einer links, einer rechts, beide vorwärts zur Tür raus.
„Mama, sag doch mal, warum soll der Schrank jetzt auf?"
Nein, man kann Kindern nicht eine dumme Antwort für eine Antwort vormachen.
Ich weiß nicht, wo ich anfangen soll zu erklären. Ein Kollege hat mich gefragt, ob ich was zur Wendezeit schreiben will. Will ich nicht, habe ich sofort gedacht. Oder zur DDR. Will ich nicht, habe ich wieder gedacht.

Ich hab die DDR ganz furchtbar geliebt. Das ist mir peinlich. Ich war 12.
Menschen, die die DDR nicht so geliebt haben, die können darüber schreiben. Schlimm, wie schlimm, schreiben die. Ach, wie lustig, ach, wie putzig, Gott, wie seltsam und irre, wie einzigartig. Und wenn sie in diesem einzigartigen Staat aufgewachsen sind, dann sind sie selbst auch gleich ganz einzigartig.
Ich hingegen, die ich die DDR ernsthaft geliebt habe, ich kann damit nicht angeben gehen. Das ist nicht lustig. Das ist peinlich. Peinlich ist das nämlich. Doof und kindisch. Und ich war wenigstens 12. Die anderen in meiner Familie waren älter. Und da gab es systemnahe Tanten und Onkels und andere Dienstgrade im Familiengefüge.
Darüber kann ich nicht schreiben. Das sind nicht meine Geschichten. Das sind ihre.

Und meine Geschichte?
Alle haben mir auf einmal gesagt, dass die DDR nicht toll war. Dass ich meine Liebe einstellen soll. Das haben die Erwachsenen zu mir gesagt, die vorher gesagt haben, dass die DDR toll ist. Das tollste kleine Land auf der Welt. Und diesen Erwachsenen fiel es ganz leicht, ihre Liebe einzustellen. Vielleicht war es bei denen gar keine Liebe gewesen.
Außerdem haben sich meine Eltern getrennt.
Ich war entwurzelt, entrindet. Nichts war mehr wahr.
Anton will wieder die Trageposition wechseln.
Ich schnaufe: „Ich will in den Tagebüchern etwas nachlesen."

Ein Hund bellt uns an. Er ist schwarz und hat ein Gefühl dafür, dass diese Situation nicht ganz normal ist. Zwei mit einem Schrank auf der Straße. Bestimmt bellt er auch, wenn jemand drei Brillen im Gesicht hat. Ein sensibler Hund.

„Klappe, Alf!“, sagt sein Herrchen.

„Was willst du in dem Tagebuch lesen, Mama?“

Ich sage, dass ich als Kind in einem Land war, dass es nicht mehr gibt. Und ich sage, dass ich lesen möchte, was ich als Kind geschrieben habe, über dieses Land, dass es nicht mehr gibt.

In der Tochter wachsen Fragen. Kann ich zusehen. Plopp. Plopp. Eine nach der anderen. Wohin geht ein Land, das verschwindet?

„Wir reden nachher weiter, okay?“

Okay, findet sie und hüpft ihrer Umwege.

Endlich finden wir mit Trageposition F eine, die für uns beide bequem ist. Beide seitlich, Schrank unten angefasst. Wir können uns gerade so über die Platte oben angrinsen.

„So ist gut“, sage ich. Da sind wir schon fast am Laden.

Die Tochter singt „Der Schuster ist ein blöder Mann. Der klebt die Hacken vorne an.“

„Lass das!“, sage ich.

„Was denn? Das sagt man so.“

Der Schuster ist kein blöder Mann, er ist ein komischer Mann. Er heißt Roman und ist aus Rumänien. So hat er sich vorgestellt. Seinen Nachnamen könne niemand aussprechen. Einmal bin ich zu ihm gegangen mit meinen ausgeblichenen roten Schuhen und habe ihn gefragt, ob er die wieder färben kann. Da hat er mich über

seine Brille angesehen. Nein, hat er gesagt. Und dann hat er gewartet, ob ich wieder gehe. Ich habe gefragt, was man denn machen könnte, die blassen Schuhe in der Hand. Die müssen Sie putzen, hat er gesagt.
Habe ich ja schon, ich daraufhin.
Da hat mich wieder über die Brille angesehen. Es ist ein ganz kleiner Mann, aber mit einem großen Blick. Ich frage, ob es vielleicht so rote Schuhcreme gibt.
Sowas gibt es, bestätigt er und wartet, ob ich jetzt endlich den Laden verlasse.
„Haben Sie sowas?“, wage ich mich noch einen Schritt weiter vor. „Rote Schuhcreme? Also, verkaufen Sie so etwas?“
Er kommt hinterm Tresen hervor, geht zum Regal neben mir, nimmt ein Döschen heraus und gibt es mir. Das alles mit einem Gesichtsausdruck, als hätte ich das auch alles alleine machen können. Das finde ich die Höhe, denn ich habe ja schon das Beratungsgespräch mit mir ganz alleine geführt.
Während ich soziale Programme laufen lasse, lächeln zum Beispiel und ein Sprüchlein machen: „Ach so, haha, da stehen die farbigen Schuhcremes“, sieht mich Roman aus Rumänien weiter an und wartet, wann ich endlich die Türklinke von außen berühre.
Ich gebe ihm Geld und Trinkgeld. Er nickt und geht in seine Werkstatt hinter, schleift Vampirzähne in Schlüsselrohlinge.

Ich bin sehr gespannt, was Roman aus Rumänien jetzt sagen wird zu meinem Schrank und meinem Problem.
„Den müssen Sie öffnen“, könnte er sagen. „Da brauchen Sie einen Schlüssel für.“

Oder er könnte mich über seine Brille ansehen und sagen: „Schuhe, Schlüssel, aber keine Schränke."
Als wir den Laden betreten, kommt Roman hinten aus der Werkstatt.
„Schlüssel verloren!", sage ich und zeige auf den Schrank.
„Weil der Hund seine Eier leckt", fügt meine Tochter hinzu.
Roman sieht sie kurz an. Sein Mund lächelt nicht, seine linke Augenbraue schon. Während er sagt, dass er da nichts machen könnte, kniet er sich vor den Nachtschrank und schaut in das Schloss hinein. Obwohl wirklich nichts zu machen sei, soll ich aufzeichnen, wie der Schlüssel aussah. Vorne, nicht hinten. Er schüttelt den Kopf. Da sei wirklich gar nichts zu machen. Dann nimmt er einen Schlüsselrohling, probiert ihn aus, schleift ihn etwas, probiert ihn aus, schleift ihn etwas. Nein, da sei wirklich nichts zu machen und schon hat er die Tür geöffnet.
Er sieht mich über die Brille an.
Ich sage: „Guter Mann!"
Er winkt ab.
Anton atmet ein, als hätte er, seit wir den Laden betreten haben, die Luft angehalten.
„Mama, der Schrank ist auf!"
„Ja, Maus, das sehe ich."
„Mama, er hat es geschafft", schreit sie.
„Ja, ich höre dich."
„Mama, jetzt kannst du über das Land lesen, dass es nicht mehr gibt."
Roman schaut mich über die Brille an. Ich frage ihn, was er dafür bekommt, immerhin hat er einen Schlüs-

selrohling verbraucht. Er winkt ab und sagt, dass er auch aus so einem Land kommt.
Jetzt ist der Schrank auf.

Lagerhaltung

Wenn man im real existierenden Sozialismus in den Urlaub fahren wollte, war das alles andere als einfach. Spontan den Trabbi vollpacken, dann 14 Stunden vom Erzgebirge über die Plattenautobahn irgendwo ans Meer zu tuckeln, war absolut unmöglich.
Nicht etwa, weil die volkseigene Rennpappe diese Strecke nicht geschafft hätte, nein, man benötigte nämlich einen Urlaubsplatz. So nannte man das staatlich organisierte Anrecht auf Unterkunft und Verpflegung in einem der heruntergekommenen FDGB-Heime, die es zu Hunderten auf dem Areal des Arbeiter- und Bauernstaates gab. Und wie das eben auch in anderen Bereichen der sowjetischen Besatzungszone war, galt bei der Vergabe für den Urlaubsplatz: Du hast entweder Beziehungen, etwas Wichtiges zum Tauschen oder warst der Partei angenehm aufgefallen.

Meine Eltern hatten weder Beziehungen, noch etwas Wichtiges zum Tauschen. Der Partei waren sie zwar aufgefallen, aber eher unangenehm. Deshalb verbrachten wir unseren Urlaub immer bei der buckligen Verwandtschaft. Die wohnte zum Glück auf der Insel Usedom. Wobei „wohnen" in der DDR schon ein sehr auslegungsbedürftiges Wort war. Mein Onkel residierte beispielsweise in einer alten Bädervilla direkt an der Strandpromenade. Eigentlich total super bis megageil. Eigentlich, denn über ihm befand sich die örtliche Bü-

cherei, unter ihm… nun, unter ihm gab es nur pommerschen Sand, denn er hauste im Kellergewölbe des herrschaftlichen Hauses. Der Mann hatte einen immensen Stromverbrauch, weil ein wie auch immer geartetes Tageslicht die Räumlichkeiten schlichtweg nicht erreichte. Oder um es anders zu formulieren: So tief konnte die Sonne gar nicht sinken, als dass sie ein paar Strahlen durch die Schießscharten hätte schicken können. Mein Onkel dachte sich wohl, dass es bei diesem Weltklima gefährdenden Energieverbrauch für uns alle sowieso keine Rettung mehr geben würde und fuhr mit großer Leidenschaft einen völlig vom Rost zerfressenen Moskvich, der etwa 12 Liter Benzin verbrauchte.
Nicht etwa auf 100 Kilometern, sondern allein beim Startvorgang. Zudem vernebelte die Auspuffanlage weite Teile des Ostseestrandes und führte zu ernsthaften diplomatischen Spannungen zwischen der DDR und der Volksrepublik Polen.

Um diesem ganzen Elend zu entfliehen, hatte ich eine scheinbar wunderbare Alternative entdeckt. Etwa ab dem 11. Lebensjahr fuhr ich regelmäßig und voller Enthusiasmus ins Ferienlager. Das waren Freizeitanlagen für die Kinder der werktätigen Bevölkerung, die in aller Regel von einem volkseigenen Betrieb oder einer landwirtschaftlichen Produktionsgenossenschaft finanziert und unterhalten wurden. So fuhren die Bergbaukinder auf die Insel Rügen ins Ferienlager des VEB Wismut Aue und der Nachwuchs der Chemiker an die Mecklenburger Seenplatte ins Kinder- und Erholungsheim des Schkopauer Chemie-Kombinates Wilhelm Pieck. Oft lagen die einzelnen Lager nur wenige hundert Meter voneinander entfernt und waren verbunden durch feste, tiefgehende, jahrzehntelange Feindschaften. Wenn wir beispielsweise gegen die verwöhnten Hauptstadtblagen der Berliner Elektronikfacharbeiter Fußball spielten, so hatte dieses Match mindestens die Brisanz des Revierderbys zwischen Dortmund und Schalke. Es war allein dem allgemeinen Mangel in der DDR geschuldet, dass bei diesen Schlachten nicht Bengalos, Feuerwerkskörper oder Panzerfäuste zum Einsatz kamen. So blieb es bei zerstochenen Busreifen und verwüsteten Umkleidekabinen sowie diversen Verletzungen, die bei einigen noch heute eine Arbeitsaufnahme unmöglich machen.

Gestählt wurden die Körper der zukünftigen Genossinnen und Genossen in den Ferienlagern durch kommunistische Kniebeugen am frühen Morgen, ungesüßten Tee zum Frühstück, Mittag, Abendbrot und zwischendurch sowie durch diverse Schlachtplatten mit Bierschinken und anderen in unschuldigen Kinderaugen sehr schockierenden Fleischerzeugnissen aus der heimischen Wurstindustrie. Um es auf den Punkt zu bringen: Es gab genug zu essen, es schmeckte nur einfach nicht. Das führte wiederum dazu, dass bei einem Ausflug ins nächstgelegene Dorf der dortige Lebensmittelladen gestürmt wurde und sich alle ausgemergelten Pioniere mit Schlager Süßtafel und anderen schokoladenähnlichen Erzeugnissen eindeckten.
Die Gummibärentüten und Schokoladentafeln dienten jedoch nicht nur der Aufrechterhaltung der eigenen lebenswichtigen Vitalfunktionen, sondern stellten gleichsam eine eigenständige, inflationsfreie Währung

dar. Sinnfreie Mutproben wie etwa das laute Rülpsen bei der Ansprache des Lagerleiters wurden ebenso mit Schokolade vergütet wie der überaus gefährliche Job des Nachrichtenüberbringers.

Als ein solcher Bote hatte man die Aufgabe, erste zarte, von schnulziger Liebeslyrik durchtränkte Zeilen auf Papier vom Bungalow der Jungen zur Unterkunft der Mädchen zu befördern. Dabei durfte man sich weder von den durch polnischen Schwarzmarktwodka betrunkenen Betreuern noch vom bissfreudigen Hausmeisterhund erwischen lassen. War der Köter schneller, riss er einem nicht nur den halben Unterschenkel weg, nein, man kam anschließend auch noch in den Genuss der wenig erfreulichen Behandlung durch die Lagerärztin. Die war nämlich wenig begeistert, um 2 Uhr nachts das Sanitätszimmer aufschließen zu müssen und rammte einem gefühl- und gnadenlos zwei Tetanusspritzen ins Bein. „Eine für die Bisswunde und die andere, weil ich müde und stinksauer bin!“, wie sie kreischend verlautbarte.

Da ich schon damals nicht unbedingt zu den schnellsten und erst recht nicht zu den lebensmüden Thälmannpionieren zählte, verlegte ich mich auf das Ghostwriting. Das hieß damals noch „Schreib oder es gibt was auf die Fresse“ und beinhaltete das Formulieren von möglichst süßen Zeilen, die stets mit der Frage endeten, ob das betreffende Mädchen mit dem vermeintlichen Urheber des Zettelchens gehen wolle. Inhaltlich klang eine solche Anfrage in etwa so:

„Liebe Corinna, seit wir im Lager sind, finde ich Dich voll hübsch und nett. Du hast sehr schöne Haare und Du kennst super Witze. Außerdem kannst Du echt gut schwimmen. Ich möchte gern Dein Freund sein. Willst Du mit mir gehen? Kreuze hier an: Ja, Nein, weiß noch nicht.“

Corinna schrieb dann natürlich wieder etwas zurück und in der Regel entwickelte sich ein reger Briefverkehr, der den sprintstarken Kindern viel Arbeit und noch mehr Schokolade verschaffte.
Irgendwann fand jedoch jemand heraus, dass man den aggressiven Hausmeisterhund ebenfalls mit Schokolade gefügig machen konnte. Ab diesem Zeitpunkt spazierten die Jungs und Mädchen zwischen den Bungalows hin und her, ohne von einer räudigen Töle angefallen zu werden. Erich, so hieß der Hund, wurde zusehends träge und fett. Ebenso wie das ganze Land verfiel er Ende der 80er in eine Lethargie, aus der er nicht mehr erwachte.

Auch sonst war die Freizeitgestaltung in den Ferienlagern der Pioniere und FDJler eher rustikaler Natur. Es gab ausgedehnte Ausflüge in den nahegelegenen Wald, Turniere in allen möglichen und unmöglichen Sportarten, Nachtwanderungen und, nicht zu vergessen, das legendäre Neptunfest. Der Höhepunkt eines jeden Ferienlagerbewohners. Neptun war einer der Betreuer, den man vollkommen grün anmalte, einen Dreizack in die Hand gab und so etwas Ähnliches wie eine BurgerKing-Krone auf den Kopf setzte. Ihm zur Seite standen die sogenannten Häscher, zumeist waren das

die schnellsten, größten und kräftigsten Jungen aus dem Ferienlager. Sie schmückten sich mit albernen Röcken aus Krepp-Papier und wilder, mit Wasserfarben aufgebrachter Körperbemalung. Wir hatten ja nüscht.
Alle Kinder versammelten sich am See oder einem anderen Gewässer, um der Ankunft Neptuns und seiner Gehilfen beizuwohnen. Ein in meiner Erinnerung großartiger Schabernack nahm sodann seinen Lauf. Neptun faselte etwas von alles verschlingenden Meerestiefen und Unwürdigen unter uns, die ihm noch nicht den nötigen Respekt gezollt hätten. Er glotzte drei bis acht Mal etwas übertrieben aggressiv in die Menge und verkündete sodann einen Namen, den er mehr schlecht als recht in einem sich reimenden Vierzeiler unterbrachte.
Das arme Geschöpf, dessen Name gefallen war, rappelte sich nun aus der passiven Beobachterrolle hoch und versuchte den Häschern zu entfliehen, wobei er aus Hinterhältigkeit von den neben ihm sitzenden Freunden festgehalten oder wenigstens behindert wurde. Das war ungefähr so als würde Bayern München mit voller Truppe gegen Fortschritt Bischofswerda spielen, denen man zusätzlich die Beine abgehackt hatte. Und die Augen verbunden. Und die nur zu sechst spielen durften. Und… na, ich denke, Sie haben die Ausgangslage verstanden.

Praktisch und theoretisch war der Täufling chancenlos. Hinzu kam der für den Fliehenden sehr ungünstige Umstand, dass die Lakaien Neptuns mit einem großen Netz arbeiteten. Das warfen sie dem Davonsprintenden irgendwann zwischen die Beine oder über den Kopf und brachten ihn damit eher unsanft zu Fall. Manche hatten Glück und befanden sich gerade auf dem angrenzenden winzigen Rasenstück. Andere dagegen ereilte das Netz und der folgende Sturz auf Gehwegplatten oder Asphaltflächen.

Aber was soll's – Narben sind die Einträge in unser persönliches Geschichtsbuch! Anschließend wurde das offiziell nun Täufling benannte Kind im Netz zum großen Neptun gebracht, der mittels einer riesigen Schriftrolle verkündete, warum er sich gerade diesen Burschen oder jenes Mädchen ausgesucht hatte. Erst dann folgte der wirklich ekelhafte Teil des Schauspiels. Mit großer Sorgfalt und Akribie wurde der Spezialtrunk angerührt, eine Brühe aus allen zur Verfügung stehenden Flüssigkeiten sowie einigen Essensresten vom Vortag. Schmeckte genauso wie es sich anhört.

Zwei bis drei Kellen wurden dem armen Menschenkind zwangsweise oral eingeflößt. Dazu beschmierte man sie oder ihn mit einer widerlichen Pampe aus püriertem Mittagessen. Erst danach griffen sich die Häscher je einen Körperteil und beförderten den Täufling mittels wilder Ausholbewegungen ins Wasser oder zumindest in die Nähe des volkseigenen H2Os. Abschließend begrüßte Neptun das arme Menschenkind offiziell in seinem Reich und das Spiel begann von vorn. Nur dass diesmal alle etwas angespannter und aufmerksamer waren. Wirklich alle! Bis, ja, bis auf mich.
Ich beobachtete fasziniert die vor mir sitzende Katrin. Bei jeder Bewegung des Kopfes pendelte ihr langer Zopf auf dem nackten Rücken hin und her. Es sah ganz

entzückend aus. So entzückend und auch ein wenig meditativ, dass ich folgende Sätze nicht wirklich mitbekam:
„In eurer Mitte sitzt ein Kleiner, der oft den Mund vollnimmt. Gemeint ist Dominik, sonst keiner, sein Taufname ist ein feiner, er heißt jetzt: Kaulquappe der Kleine."
Als um mich herum alle aufschrien und sich ruckartig von mir entfernten bzw. meine Beine festhielten, sah auch ich die hämisch grinsenden Visagen der pubertierenden Nachwuchsgenossen auf mich zukommen. Ich wollte noch rufen: „Die, es muss DIE Kaulquappe heißen!"
Aber da hatten sich auch schon zwei der jugendlichen Lagerfunktionäre auf mich geschmissen. Ich weiß noch, dass ich mich unwillkürlich fragte, wie um Gottes Willen man bei der sozialistischen Mangelernährung so fett werden konnte. Einige Sekunden später stand ich vor Betreuer Matze alias großer Neptun. Sie beschmierten mich mit Essensrestepampe und versuchten mir die Ekelbrühe einzuflößen, was nur mäßig gelang. Denn, und das ist keine Lüge aus dem schwarzen Kanal mit Karl-Eduard Schnitzler, in diesem Moment erfand ICH das Headbangen. Ja, Leute, genauso war es!
Seit diesem Neptunfest werden rund um die Welt mit irrem Blick die Köpfe geschleudert, wenn es richtig hardrockmäßig zur Sache geht. Also wie zur Taufe beim Neptunfest eben. Aber wie das immer so im Leben ist: Undank ist der Welten Lohn. Und deshalb erntete ich nicht etwa Applaus oder wenigstens ein paar sehnsuchtsvolle Blicke der Mädchen aus der mittleren Gruppe (12 bis 14 Jahre) für meine zukunftsweisende,

revolutionäre Performance, sondern wurde von den Knechten des Regimes, also von Neptuns Gehilfen, unsanft ins Schilf geworfen. Da stand ich nun, beschmiert, verletzt, gedemütigt und mit einem grammatikalisch falschen Tauf-Namen. In diesem Moment beschloss ich, und das ist die Wahrheit, nichts als die Wahrheit, David Hasselhoff einen Brief zu schreiben, dass er doch bitte, bitte die Mauer wegsingen soll. Und wie diese Geschichte endete, nun… das wisst ihr selbst am besten.

Jörg Schwedler

Wir hatten ja nichts!

Die meistverbreitete Kunst in der Deutschen Demokratischen Republik war die Kunst der Improvisation. Wir hatten ja nichts! Aber damit konnten wir ziemlich gut umgehen. Es gab privilegierte Gebiete in Ostdeutschland, die neben DDR1 und DDR2 auch in der Lage waren, Westfernsehen zu empfangen. Den Rest der Republik nannte man übrigens das Tal der Ahnungslosen. Aber auch in den privilegierten Gebieten musste man improvisieren. Man musste zum Beispiel die Fernsehantennen so geschickt ausrichten, dass der zuständige STASI-Mitarbeiter nichts davon mitbekam, man aber trotzdem ARD und ZDF empfangen konnte.

Richtig spannend wurde es später, als das Privatfernsehen eingeführt wurde. Um nach der Schule meine tägliche Dosis A-Team oder „Ein Duke kommt selten allein“ zu bekommen, musste ich auf den Dachboden klettern, das Kabel von der normalen Antenne abziehen, dieses dann in die Radioantenne stecken und diese dann unter dem Dach heimlich Richtung Berlin ausrichten. Dazu saß mein Bruder zwei Stockwerke tiefer vor dem Fernseher und schrie den Bildzustand nach oben. Im Nachhinein hätten wir uns das Verstecken der Antenne wohl sparen können, da wirklich jeder im Dorf diese Schreie gehört haben muss.

Auch der Bildzustand war niemals perfekt. Ich glaubte bis etwa 1990, dass der schwarze VAN des A-Teams ein gestreiftes Auto war. Auch meine Vorstellung des nackten, weiblichen Körpers war lange Zeit etwas verschwommen durch die Querstreifen in filmischen Kunstwerken wie „Schulmädchenreport“, „Beim Jodeln juckt die Lederhose“ oder „Das Wandern ist des Herrn Müllers Lust“. Andererseits verhinderte die STASI auf diese Weise erfolgreich, dass ich Sascha Hehn nackt sehen musste.

Mein Frauenbild klarte dann aber durch den Erwerb des April-1990-Playboys für 27 Ostmark auf. Ich kann mich heute noch an die Frau am Strand, an die Finnin und an die nackte Stuntfrau erinnern. An die redaktionellen Artikel hingegen habe ich absolut keine Erinnerung. Trotzdem, und auch wenn es die Internet- und YouPorn-Generation heutzutage etwas verwundern wird, ist diese Zeitung das am meisten gelesene Schriftstück meines Lebens. Auch künftig wird diese Zahl nicht mehr erreicht werden. Da bin ich mir absolut sicher.

Der April-1990 war allerdings dicht gefolgt vom Superman Superband # 12 - Superman und ROTER BLITZ aus dem Jahr 1979. Das war allerdings nur geborgt. Ein Superman-Comic zu DDR-Zeiten war ein absoluter Jackpot. So ein Comic oder auch eine BRAVO (mit Poster) war ein Garant für viele Freunde und konnte, gerade auf dem Dorf, die gesellschaftliche Stellung enorm steigern.

Ich selbst wurde vor der Wende Zeuge wie im altmärkischen Dorf Sanne, an der Bushaltestelle der Maxim Gorki Oberschule, Bravoposter verkauft wurden. Hier erreichte zum Beispiel ein vierseitiges Poster einen Preis von 85 Ostmark. Als ich das Poster sah, war ich so geflasht, dass ich mir fest vornahm, mit allem, was ich hatte, darauf zu bieten. Bei 2,73 Mark musste ich leider aussteigen. Schallplatten, Bravoposter, Matchbox konnten an dieser Bushaltestelle wahrlich für Aufregung sorgen. Dagegen war der analoge Aktienhandel an der Wallstreet eher wie eine Mutter-Kind-Kur in Uelzen.

Und wenn wir gerade dabei sind, müssen wir natürlich auch über die viel zitierten Bananen-Einkaufsschlangen in der DDR reden. Was haben wir darüber gelacht. Allerdings waren die Bananen-Schlangen im Vergleich zur Eröffnung eines IKEA-Markts in der heutigen Zeit eher wie eine Mutter-Kind-Kur in Uelzen... nachdem Mutter und Kind gemeinsamen einen Johanniskraut-Baldrian-Benzo-Cannabis-Cocktail hatten.
Aber ich schweife ab.

Abgesehen von den Privatsendern lief Westfernsehen wie ARD und ZDF in meinem Elternhaus perfekt. Darum bin ich dual, also mit Tagesschau und Aktuelle Kamera groß geworden und konnte mich somit systemübergreifend informieren. Noch heute denke ich manchmal an die Propaganda-Meisterleistungen auf beiden Seiten. Spannend finde ich nach wie vor die unterschiedliche Bewertung des Begriffs „Hausfrau“ - während im Westen die Frauen gemeint waren, die aus irgendwelchen Gründen nicht arbeiten mussten, war im

Osten jedem klar, dass es sich dabei um bedauernswerte und arbeitslose Opfer des Kapitalismus handelte. Durch die Tagesschau bin ich dann erstmals mit Greenpeace in Kontakt gekommen. Und ich war sofort Fan! Menschen, die sich für die Umwelt an Brücken ketteten oder mit Schlauchbooten Wale schützten.

Das war genau das, was ich machen wollte. Dummerweise hatten wir ja nichts im Osten. Erst recht keine Umweltorganisationen. Bei genauerer Betrachtung hatten wir nicht mal mehr Umwelt. Aber das war mir egal. Und zu diesem Zeitpunkt auch nicht bewusst. Also gründete ich mit sofortiger Wirkung und höchstwahrscheinlich die erste nichtstaatliche Umweltorganisation der DDR. Ruckzuck hatte ich eine Schar getreuer Kinder zusammen. Es war kurz vor der Wende und wir nannten uns DKG (Die kleinen Grünen). Ähnlich wie die IRA in Irland hatten wir einen politischen und einen militanten Teil. Der politische Teil säuberte Wälder und Teiche, der militante Teil protestierte zum Beispiel gegen die Verwendung von giftigen Lacken und schrieb dazu Slogans an Häuserwände. Mit Lack. Wir hatten ja nichts.

Für einen Eintrag in die Stasi-Akte hat das aber nicht mehr gereicht.

Mike Altmann

Nie mehr 15

In letzter Zeit werde ich häufig gefragt, warum ich so unglaublich jung aussehe. Na gut, sagen wir, es kommt manchmal vor. Wenn manchmal als Synonym für selten bis kaum durchgeht. Weil es also nie vorkommt, besteht die Kunst darin, vorbereitet zu sein, diesen Moment, wenn er sich denn doch ereignen sollte, möglichst lange zu genießen, indem man sich mit Händen und Füßen gegen dieses Kompliment wehrt, es hinterfragt, den Wahrheitsgehalt anzweifelt, um das verbale Präsent am Ende unter lautem Protest entgegenzunehmen und es in der Lebensvitrine staub- und milbensicher aufzubewahren.

Bei solchen Gelegenheiten krame ich gern in einer geheimen Erinnerungskiste, die Männer in Wirklichkeit natürlich nicht besitzen, schon gar nicht, wenn die gelbe Kiste mit rosa Blumen verziert ist. Hinter heruntergelassenen Jalousien blättere ich dann in vergilbten Liebesbriefen, die zu Zeiten des Kalten Kriegs Mitmenschen weiblichen Geschlechts in einem Akt der Verzweiflung und/ oder des Mitleids an mich adressierten. Tintenherzen auf Blümchenpapier beamen mich zurück in das Aknezeitalter, als ich noch ernsthafte Überlegungen anstellte, ob ich das Haar zur Abwechslung mal offen tragen sollte, um zumindest das dreckige Dutzend Eiterkrater zu überdecken, die kurzfristig mit einer Eruption drohten.

Nein, ich möchte nicht mehr 15 sein. Schon gar nicht in der Welt, in der ich aufwuchs. Wenn wir heute sagen, dass wir damals nichts hatten, ist das untertrieben. Okay, wir hatten Wisent-, Boxer- und Bison-Jeans, Nickis, Polyesterhemden und Essensgeldturnschuhe. Das war's.

Kein Wunder, dass die friedliebende männliche deutsche Jugend, zu der ich nur gehörte, weil mich Anfang der 70er ein dämlicher Storch auf der falschen Seite der Mauer abwarf, derart allgemein verunsichert war, dass sich sogar eine Rockband aus dem Entwicklungsland Österreich nach uns benannte. Zur Belohnung durften die Barden auch in einem unserer beiden Farbfernsehprogramme einen Ba-Ba-Banküberfall aufführen, meist gemeinsam mit Andy Borg, Karel Gott und Darinka.

Mit Darinka hätte ich übrigens fast mein erstes Mal gehabt, aber dann trat Inka in mein Leben. Wenn sie im Netzhemd „Spielverderber" trällerte und dafür von Jürgen Karney den Silbernen Bong entgegennahm, war das für damalige Zeiten voll Porno. Heute sind Bongs ja verboten. Dafür gibt es überall richtig Porno. Die Kids klicken sich durch die Favoriten auf Papas Laptop und schlafen nach der zehnten blanken Muschi auf Geile-Stuten.com gelangweilt ein. Wir hatten das Magazin, den Ossiplayboy, mit ästhetischen Aufnahmen von Mädels, die ihr letztes Geheimnis bis zum Fall des antifaschistischen Schutzwalls hinter einer blickdichten Hecke aus krausem Naturhaar verbargen. Davon weiß ich übrigens nur aus Erzählungen der Privilegierten, denn das Magazin war immer ausverkauft, genauso wie

FF-Dabei, Sportecho, Fuwo, Melodie und Rhythmus und das Neue Leben.

Das neue Leben wiederum ist furchtbar kompliziert. Schon deshalb möchte ich nicht mehr 15 sein. Sonst wäre ich heute bestimmt ein Emo. Die gab es zu meiner Zeit noch nicht, weil uns die Schubladen fehlten, die haben wir ja alle für IKEA gebaut.
Und das war auch gut so, denn heute gibt es so viele Fächer, Kistchen und Kästchen für Jugendkultur, dass sich kein Nutzvieh mehr zurechtfindet. Ich habe neulich einen als Gruftie angesprochen, weil er nun mal wie ein Gruftie aussah und wir zu Leuten, die aussehen wie Grufties, schlurfen wie Grufties und auf der Tanzfläche einschlafen wie Grufties, schon immer Gruftie gesagt haben.

„Neeeeeiiiiin. Ich bin ein Cybergothic, früher war ich Psychobilly und Horrorpunk, bevor ich als Batcaver die Brücke zum Gothic geschlagen habe."

Aha. Bei uns warst du entweder Punk, Demo, Heavy oder Modern Talking.

Ich möchte nicht mehr 15 sein, denn dann würde ich nicht wissen, mit welcher meiner vielen schicken Freundinnen ich mich zuerst beim ersten Mal blamieren soll. Na ehrlich mal: Wer organisiert denn heute das Kennenlernen der unterschiedlichen Geschlechter? Mark Zuckerberg. Der hat aber das System nicht verstanden. Überangebot ist schädlich – gerade beim ersten Mal. Wer weiß denn heute noch, ob der Sexualpartner die Integralrechnung beherrscht, Bockspringen kann oder Gedichte rezitiert ohne zu erröten?

Da hatten wir das verdammte Glück, dass wir unter einer völlig verkannten Pädagogikpäpstin, der Volksbildungsgöttin Margot, aufwachsen durften. Sie hatte sehr weise erkannt, dass eine Vertrautheit zwischen Mädchen und Jungen da sein muss, wenn sie die Brücke vom Kind zum Erwachsenen gemeinsam überschreiten. Die Polytechnischen Oberschulen waren eigentlich gar keine Bildungseinrichtungen, sondern sozialistische Partneragenturen mit einem zehnjährigen Slow Dating. Und du konntest dich nicht wehren, schließlich gab es ständig organisierte Versuchungen: Jugendweihe, Tanzstundenabschlussball, Walzertraum, Lager für Arbeit und Erholung und Klassenfahrt.

Ich gehörte zu den 75 Prozent meiner Klasse, die in einem sowjetischen Interhotel das erste Mal erlebten. Die anderen 25 Prozent hatten sich bereits auf der Zugfahrt ins Glück in einem Schlafabteil eingeschlossen. Was sollten wir auch mit uns anstellen, so ganz ohne Smartphone?

Nein, ich möchte nicht mehr 15 sein. Also nicht heute. Denn wenn ich es mir genau überlege, war früher alles besser. Und so verstecke ich meine geheime Erinnerungskiste jetzt wieder und schaue mal, ob ich bei Youtube ein Video von Inka finde.

Kirsten Fuchs

Knickknack, die Türknacker

Ich war ein Schlüsselkind, eines dieser schönen zusammengesetzten Wörter, wie unsere wunderbare Sprache sie erlauben. Schlüssel und Kind. Ein Wort, das angeblich gar nicht jeder kennt. Mal bitte melden, wer es nicht kennt. Ah ja, danke, ganz vergessen, dass ich Sie nicht sehe. Bitte schicken Sie mir ein Foto, auf dem Sie sich melden.
Danke!

Bedeutet „Schlüsselkind", dass mir innerhalb des Familienverbundes eine Schlüsselrolle zukam? Dass ich die Lösung für etwas war? *Alles war ein großes Rätsel, doch dann kam das Schlüsselkind.*
Heißt das, dass ich durch eine Schieflage bei der Geburt einen schlüsselförmig gewundenen Weg aus der Mutter nehmen musste? Im Übrigen die erste Tür im Leben. Naja, Tür, eher ein sehr straffer Vorhang.
Leider stimmt keine der schönen Bedeutungen. Ein Schlüsselkind ist ein Kind mit einem Schlüssel. Die Schulklingel läutete zum Schulschluss, als meine Mutter und mein Vater im Arbeiter- und Bauernstaat noch arbeiteten und bauerten.
Den Kindern der Werktätigen wurde ein Bändchen geknüddelt und auf dieses ein Schlüssel gefädelt. Dann hieß es „beuge dein Haupt" und dem Kind wurde der Schlüssel umgehängt. „Iss keine unbekannten Gräser, geh nicht mit unbekannten Menschen, streichel keine

unbekannten Katzen, tritt auf dem Heimweg in keine unbekannten Parteien ein."

Nach der Nachmittagsbetreuung im Schulhort tippelten die kleinen Füßchen in den Halbschuhen, wie ein Schuh damals hieß, der weder Sandale, Stiefel noch Turnschuh war, nach Haus: Dort wurde die Leichtbauweisetür aufgeschlossen, außen Spanpressholz, innen Wabenpappe. Ich wärmte mir ein von Mutter vorbereitetes Essen auf oder schmierte mir Brote, spielte im Zimmer oder ging runter in den von Neubauten umzingelten Hof, spielte Cowboy und Indianer mit den anderen und keiner wollte ein Cowboy sein.

Ich war ein sehr verspieltes Kind, schnell von der Realität abgelenkt und tief in die Spiele versunken.

Wenn ich nachmittags mit anderen Kindern spielte, dann mit vollem Einsatz: Raumschiffpilotin im Kometensturm, Zebrafängerin bei Gegenwind, Kutscherin mit verliebter Frau in einer Kutsche, die schnell zum erkrankten Grafen musste, ein eiternder Fuß, ein aufgeblähtes Organ. Wir waren Wildwasserräuber für den guten Zweck. Es wurde geschossen, abgerollt, Biberbraten überm Feuer gedreht, Schlangenbisse ausgezutscht. Eine Abenteurerin ist wild und weltweit unterwegs und vergisst von Zeit zu Zeit ihr Zuhause. Ich hängte den Schlüssel am Bändchen über Zäune oder verlor ihn beim Klettern aus lockeren Taschen zu großer Hosen.

In den meisten Fällen fand ich den Schlüssel wieder. Das letzte Abenteuer des langen Nachmittags, kurz bevor die Straßenbeleuchtung orange anglimmte.

Einmal aber verlor ich den Schlüssel und fand ihn nicht wieder.

Ich traute mich nicht, den Eltern davon zu erzählen. Und so ging ich tags darauf ohne Schlüssel mit Kummerklops im Bauch zur Schule. Sicherlich habe ich nicht den ganzen Tag daran gedacht, sicherlich hatte ich Spinnerideen und Träume vom schnell davon reiten und etwas befreien oder retten. Der Schlüssel war nun nicht nur verloren, auch noch vergessen, dass er verloren war.

Nachmittags dann aber. Siedend heiß. Irgendein Schimpfwort, das ich mit 8 benutzt habe.
Wenn die Eltern kämen, dann gäbe es Ärger. Aber hallo!
Der Bruder war beim Fußball.
Dann kam Jens, ein Nachbarsjunge, ein Dämlack, den der Westkontakt verdummt hatte. Er trug bunte Sachen wie ein Harlekin, kaute Kaugummi wie ein Kuh.
„Schlüssel vergessen?“, fragte er.
„Geht dich gar nüscht an, ey!“
„Wollt ja nur helfen.“
„Wie denn? Wie willste denn helfen? Kannste die Tür uffhexen?“
Er guckte wie eine amerikanische Trickfilmfigur guckt, wenn sie pfiffig gucken soll. Kein normaler Mensch guckte so, nur Leute, die zu viele Trickfilme angesehen hatten.
„Nicht Freundlichkeit öffnet Türen und manchmal auch Herzen, wie meine Oma immer sagt“, tat er schlau, „nein, ein Schraubenzieher und eine Zange öffnen Türen und Herzen.“
Jens holte aus seiner Wohnung die benötigten Werkzeuge.

Schnell war die Blende von der Türklinke abgeschraubt. Das muss man sich mal vorstellen, mit Schraube von außen. Und dann den Vierkant herumgedreht. Ein Kinderspiel. Dann wieder zugeschraubt.
Die Angst vor Dieben war damals wohl nicht groß. Was gab es schon zu stehlen bei uns? Den Fernseher, den alle hatten? Die Leichtbauweisetür konnte mit dem Ellenbogen durchgestoßen werden.

„Na?", fragte Jens.
„Türen ja, Herzen nein", sagte ich, „Trotzdem danke! Kann ich mir das borgen?"
„Klaro!", sagte er und ab da ging ich mit Schraubenzieher und Zange zur Schule. Tagelang, wochenlang. Nachmittags schraubte ich die Schrauben ab, drehte den Vierkant, schraubte die Blende wieder an. Ich hätte mir den Schraubenzieher und die Zange um den Hals hängen können, dann wäre ich ein Schraubenzieher-Zangen-Kind gewesen.
Ein paar Wochen später spielte ich mit meinen Freunden dasselbe Spiel an derselben Stelle, wo ich den Schlüssel verloren hatte. Wir krochen im Schussgefecht schwer verletzt ins selbe Gebüsch und da hing mein Schlüssel. Richtig, den hatte ich als Hinweis für die Kameraden hinterlassen, damit sie uns auf der Flucht folgen konnten.
Ich wurde vom Schraubenzieher-Zangen-Kind wieder zum Schlüsselkind. Unbemerkt von meinen Eltern ging diese Phase vorbei.
Ich brachte Jens das Werkzeug zurück und als er guckte, wie nur amerikanische Trickfilmfiguren gucken, die sich Hoffnung machen, da seufzte ich schwer und sag-

te: „Na gut, kannst mitspielen, aber zieh nicht diese doofe knallgelbe Jacke an. Da sieht dich ja jeder auf der Flucht.“

Und wenn er wirklich „siehste, Türen und Herzen“ gemurmelt haben sollte, als wir die Treppe hinunterhüpften, so überhörte ich es einfach.

Unbeschnitten

Etwas mehr als eine Woche nach dem Unglück von Tschernobyl wurde ich zur Armee gezogen. Es zog einen nicht hin, wie manche ans Meer oder in die Berge. Von einem Wehrkreiskommando wurde man gezogen, unter Androhung von Polizei und anschließendem Knast. Ich weiß nicht mehr, ob der Mai '86 ein fliederblühender war, ob kalt oder warm? Wenn man zur Armee musste, war das scheißegal. Die Ostmedien verschwiegen den Vorfall Tschernobyl zuerst und spielten ihn dann herunter: Ja, zwei, drei Messgeräte haben erhöhte Werte angezeigt, seien aber inzwischen beim sowjetischen Eichamt zur Überprüfung.
Die Westmedien sprachen vom GAU und gigantischen, westwärts ziehenden, radioaktiven Wolken, die bald in Mitteleuropa radioaktiv ankämen und radioaktiv abregnen würden.

Armee: Nach drei Wochen Grundausbildung kam der große Tag, der erste Tag mit Waffe. Jeder durfte eine Kalaschnikow an der Waffenkammerausgabe abholen. Ich war nicht allzu scharf darauf. Andere bekamen als es soweit war Schreikrämpfe der Entzückung, tropfende Eckzähne und ejakulierten mehrmals in die Normunterwäsche.
Bald lag auch ich im Sand des Schießstands und drückte mir die Waffe in die Schulter. Ich hielt sie fest, war völlig ruhig, zielte, schoss. Mein erster Schuss, beschriebe

man die Zielscheibe als Kompass, ging in den Nordosten. Der Feldwebel hatte vorausgeschickt, dass wir herausfinden sollten, wohin die Waffe zöge. Waffen zogen also auch. Meine zog leicht rechts hoch. Ich hielt sie nun leicht links unten, in den Südwesten, und schoss dann mühelos eine Eins. Nicht schlecht für einen Pazifisten. In meinem Gepäck befand sich eine Abschrift der Bausoldatenparagraphen, für den Fall, dass ich an die Grenze käme. Ich würde auf keinen Fall auf eigene Leute schießen, die nur weg wollten. Sie hatten ganz sicher ihre Gründe. Und niemand das Recht, jemandem seinen Lebensort vorzuschreiben.

Nach der Grundausbildung kam ich in ein Nachrichtenbataillon, zu Menschen mit Elektroberufen. Sämtliche Perversionen oder Eigenheiten kasernierter Kreaturen fielen deutlich milder aus als in 3000-Mann-Panzerkasernen üblich. Blieben gar aus. Hier wurde niemand in den Spind gesperrt und dann aus dem Fenster geworfen. Die Selbstmordrate war geringer, der Alkoholgebrauch... naja.
Die Sprache war gesitteter, wenngleich Teile des weiblichen oder männlichen Unterleibs zu erwähnen, sehr oft entlastende Wirkung versprach und einlöste. Wenn bspw. eine Möglichkeit nicht eintrat oder nie eintreten würde, sagte man nicht: Kannste vergessen! Oder: Kannste abschmatzen!
Sondern: Kannste dir unter die Vorhaut klemmen!
Ein Gespräch an einem Donnerstag. Erster Soldat: „Sonnabendmittag fahre ich in den Urlaub!“
Zweiter Soldat: „Ich hab was von 'nem Nachtalarm Freitag gehört“

Dritter Soldat: „Mit rausfahren oder nur drinne?“
Vierter Soldat: „Hoffentlich nicht das scheiß Antennenfeld aufstellen!“
Fünfter Soldat zum ersten: „Dann kannste dir nämlich den Urlaub unter die Vorhaut klemmen!“

Wir klemmten uns vieles unter die Vorhaut: „Bringste mir was aus der Küche mit?“ - „Kannste dir unter die Vorhaut klemmen!“ - „Willste mal ein Foto von meinem Trabbi sehen?“- „Das kannste dir unter die Vorhaut klemmen!“ - „Kannst du für mich die Wache von Sonntag auf Montag...?“ - „Kannste dir...“, usw...
Irgendwo in der Welt gab es Armeen mit beschnittenen Männern. Wie die wohl solche Dinge regelten?

Eineinhalb Jahre Grundwehrdienst waren lang. Ich bedachte eine Flucht: Gen Westen war die Grenze dicht, bei den Bruderstaaten Tschechoslowakei, Ungarn, Rumänien, Bulgarien ebenfalls. Ich hörte nachts Güterzüge nach Osten donnern, nach Polen. Ich könnte auf solch einen Zug aufspringen, in Polen dann nach Norden trampen, in eine Hafenstadt, mich dann auf ein Schiff gen Schweden schmuggeln. Vorerst hielt ich Wache mit meiner Kalaschnikow. Es war eine laue Nacht, wir hatten einen gemäßigten Dienstoffizier: „Passt auf, ihr macht mir keinen Ärger, dann mach ich auch keinen.“
Kiefernnadeln und dürre Äste knackten, jedoch ohne dass ein Feind des jungen Sozialismus sie niedertrat. Ich zog allein draußen am Zaun ein Buch aus der Uniform hervor und las Camus. In den Westen zu gehen hätte

bedeutet, Freunde und Verwandte nie mehr wiederzusehen, höchsten ein-, zweimal im Jahr in Prag.
Niemand ahnte, dass der Spuk der senilen, machtbewussten Männer schon drei Jahre später durch Märkte ersetzt werden würde. Märkte bei uns? Bei unserem Blechgeld? Das war nicht nur Quatsch, sondern richtig komplett abwegig! Wer konnte wissen, dass sie das Geld mitbringen würden? Nein, sie würden sich die vielen schnuckligen Waren, Limousinen, Maracujajoghurts, U-Boote, Farbfernseher und Satellitenschüsseln lieber unter die Vorhaut klemmen.

Dominik Bartels

Sammelsurium

Eines muss man im Rückblick einfach mal deutlich sagen: In den 1970er und 80er Jahren herrschte in unserer sozialistischen Heimat nicht etwa eine Versorgungskrise, nein, es handelte sich vielmehr um ein Versorgungsvakuum. Das Gute an der damaligen Situation ist, dass ich mir an dieser Stelle eine Aufzählung dessen sparen kann, was im täglichen Leben entweder gar nicht oder nur sehr begrenzt vorhanden war. Es fehlte nämlich schlichtweg an Allem. Der sichtbare Mangel an innovativer Technik, Ersatzteilen, leckeren Nahrungsmitteln und anderen Dingen sorgte zwar dafür, dass DDR-Bürger ganz allgemein als hochqualifizierte Improvisationskünstler galten, auf solch einen Titel kann man aber auch gut und gern verzichten. Fakt ist, dass der Trabant stolze 28 Jahre nicht weiterentwickelt wurde. Ein wohl einmaliger Entwicklungsstand in der weltweiten Automobilgeschichte. Genauso wie der Umstand, dass ein Gebrauchtfahrzeug auf dem Schwarzmarkt etwa doppelt so teuer war wie ein Neuwagen. Beim Autokauf galt die Regel: Entweder man hatte einen langen, sehr langen, also im Grunde jahrzehntelangen Atem oder wenigstens viel Geld, vorzugsweise natürlich Devisen. Fakt ist außerdem, dass wir zwar einen tollen Farbfernseher aus russischer Produktion mit dem Namen „Raduga" besaßen, dieser aber mehr in der Werkstatt als in unserer Wohnstube stand. Im Grunde war er entweder kaputt oder brannte und qualmte aus seiner Abdeckung heraus. Vorzugsweise immer dann, wenn man versuchte, ihn länger als 30 Minuten in Betrieb zu halten. Nicht umsonst hieß der Werbespruch des Raduga hinter vorgehaltener Hand: „Wohnungsbrand aus Freundesland".

Für uns Jugendliche war es in dieser Zeit fast unmöglich, subversiv tätig zu werden. So erinnere ich mich noch genau, dass wir etwa 25 Mal den amerikanischen Film „Beat Street" im Kino sahen und anschließend beschlossen, selbst eine ostdeutsche Graffiti-Szene aufzubauen. Während man in den amerikanischen Vorstadt-Ghettos die Züge mittels Spraydosen und farbiger Riesenfilzstifte verschönerte, konnten wir lediglich mit bunter Kreide unserer ungebremsten Kreativität frönen. Und trotz unserer schlechten Nachahmungsversuche sahen die Güterzüge der Deutschen Reichsbahn plötzlich viel freundlicher und lebensbejahender aus, wenn sie durch die Lande zuckelten. Bis, nun, bis es regnete … Es waren vergängliche Meisterwerke. Kreide auf Alteisen. Kreide auf bröckelnde Betonmauern. Kreide auf rissigen Asphaltflächen. Das Ganze erinnerte stark an Hochzeiten von Lothar Matthäus – es war einfach nicht von Dauer.

Überhaupt prägten uns das Fernsehen und das Kino in ganz besonderer Weise. Wir bauten die Klappräder der Großeltern zu BMX-Gefährten um, ließen unsere Mütter Fahnen nähen, die uns als Bande von Sandokan, dem Tiger von Eschnapur, ausweisen sollten, schraubten mit minimalen physikalischen Kenntnissen abenteuerliche Lichtorgeln zusammen, welche unsere Pionierdisko aufwerten sollten. Hinweis an dieser Stelle: Glühbirnen mit Wasserfarbe einpinseln, um buntes

Licht zu erzeugen, funktioniert nicht. Wir sahen so viele Dinge, die im Westen scheinbar selbstverständlich und mühelos zur Verfügung standen, dass unser Eifer, es diesen Vorreitern in Sachen Coolness gleich zu tun, zuweilen seltsame Blüten trieb.
Eine dieser schillernden Blüten war die unfassbare Sammelwut aller Ostdeutschen. So gut wie jeder DDR-Bürger sammelte und hortete eine bestimmte, absonderliche und vor allem völlig unnütze Sache, vorzugsweise aus dem kapitalistischen Ausland. Diese Leidenschaft mag heute schwer nachzuvollziehen sein, aber damals stand sie wohl sinnbildlich dafür, dass man den Kampf gegen den Mangel eben doch gewinnen konnte. Jeder hatte von irgendwelchen abstrusen Dingen mehr als genug. Dass es sich hierbei meist um Gegenstände handelte, die ohnehin niemand anderes haben wollte, spielte dabei keine Rolle.
In meiner Clique gab es gleich mehrere Jugendliche, die sich nicht mit einer Münz-, Briefmarken- oder Indianerfigurensammlung zufrieden gaben. Marco widmete sich beispielsweise Zigarettenschachteln aus aller Welt. Tino wiederum hortete Unmengen von Bravo-Postern, die er zu horrenden Preisen auf den Schwarzmärkten erwarb oder einfach von jüngeren Schülern mittels roher Gewalt erpresste. Conny blickte stolz auf ihre drei Schuhkartons, die bis oben mit diversen Aufklebern gefüllt waren. Sven versuchte in jenen Jahren alle Kugelschreiber dieser Welt in seinen Besitz zu bringen. Heiko entwickelte ein Faible für Matchbox-Autos. Corinna begeisterte sich für das Silberpapier, welches um Schokoladenfiguren gewickelt wurde. Sie strich es ganz glatt, presste es zwischen dicken Büchern und stecke es

dann in ein selbstgebasteltes Album. Das Aluzeug, welches einst die gute Westschokolade verhüllte, wurde zudem luftdicht in Plastiktüten verpackt, damit der Duft erhalten blieb. Es gibt noch viele andere Beispiele für die unbegrenzte Anzahl an kuriosen Sammelgebieten. Hanuta- und Duplo-Bilder, Knöpfe, Anstecker, leere Getränkedosen, Seifen, Shampoo-Flaschen (die meist mit DDR-Zeug wieder aufgefüllt wurden), Fußballwimpel und Fußballgläser, Radiergummis (es gab alsbald welche, die dufteten nach Kaugummi), Plastiktüten aus dem Westen, Kronkorken, Bierdeckel, Postkarten usw. usw. Sogar die Staatssicherheit sammelte wie verrückt … nämlich Daten über die eigenen Bürger.

Doch eine der spektakulärsten Sammlungen besaß mein Freund Maik. Na ja, eigentlich war es eher sein Vater, der die Miniatur-Schnaps- und Likörflaschen sammelte. Durch die ganze Wohnung zog sich in etwa 2 Meter Höhe ein Regalbrett, auf welchem die verschiedensten Spirituosen in winzigen 0,1 Liter-Flaschen aufgereiht waren. Rum aus Kuba, Wodka aus Finnland, Whiskey aus Schottland, Liköre aus Österreich, Bulgarien oder der CSSR. Insgesamt wahrscheinlich 200 Liter Sprit verteilt auf über 2.000 Flaschen. Immer wenn seine Eltern nicht zuhause waren und wir den unter ihm wohnenden Parteisekretär ärgern wollten, spielten wir Flurfussball. Die Regeln waren sehr simpel. Mittels geschickter Drehungen und anderer Tricks oder aber durch robusten Körpereinsatz musste man versuchen, das Spielgerät durch eine der angrenzenden Türen zu bugsieren. Das Spiel war zu Ende, wenn einer blutete. Waren harte Zeiten damals, wir hatten ja nüscht, außer unsere Körper. Apropos „wir hatten ja nüscht". Einen Ball gab es natürlich auch nicht. Das Match wurde mit einer zusammengerollten Socke gespielt, was es nicht einfacher machte. Wenn wir aufeinander zustürmten, vibrierte die gesamte Plattenbaukonstruktion bis runter in den Keller und unser Wutgeheul wurde durch den ganzen Hausflur getragen.

Bevor die eher an Rugby erinnernde Auseinandersetzung überhaupt starten konnte, mussten wir uns erst darauf einigen, welche Mannschaften im Allgemeinen und welchen Spieler wir im Speziellen verkörpern wollten. Dies wurde meist dadurch erschwert, dass wir beide glühende Anhänger von Bayern München waren und unbedingt Sören Lerby sein wollten. Da wir uns nie einigen konnten, kam Maik eines Tages auf die Idee, die ganze Sache durch die Schnapsflaschen seines Vaters entscheiden zu lassen. Jeder von uns wählte in der Folge 5 Fläschchen vom Regal. Wir waren 12 und die Spielregeln einfach. Wer zuerst kotzte, hatte verloren. Im Nachhinein vermute ich, dass Maik bereits einige Trainingseinheiten hinter sich hatte. Während er nämlich den Rum aus der Karibik und den Wodka aus Skandinavien ohne Probleme in seinen Körper schüttete, wurde mir vom Marillenlikör aus Österreich ganz übel. Der Calvados aus Frankreich gab mir dann den Rest. Ich kotzte gleich in den Flur, also praktisch aufs Spielfeld und hatte damit verloren. Maik hingegen kippte sich noch den belgischen Himbeergeist hinter das Zäpfchen und kam beim anschließenden Flurfußball als Sören Lerby von Bayern München mit 8:0 unter die Räder und mit einer Platzwunde über dem rechten Auge in die Notaufnahme. Später füllten wir die formschönen Miniaturflaschen einfach mit Wasser auf und stellten sie wieder ins Regal.

Ich könnte nun an dieser Stelle mit einer tollen Moral die Geschichte beenden. Aber im richtigen Leben wiederholen wir unsere Fehler doch einige Male nur deshalb, um wirklich sicherzugehen, dass nicht etwa nur Pech im Spiel war. Es braucht eben oft einige Anläufe, um zu verstehen, dass es tatsächlich besser ist, um die Wand herumzugehen, statt immer wieder dagegen zu laufen. Oder, um es konkreter auszudrücken: Als die DDR Ende der 80er Jahre am Ende war, befand sich in den meisten Fläschchen der spektakulären Sammlung von Maiks Vater nichts anderes als Wasser.

Die Autorinnen und Autoren

Ahne, bürgerlicher Name Ayatollah Illjitsch, wurde 1968 in Berlin-Buch (Ostberlin) unter einem Panzer geboren. Seine Kindheit verbrachte er in Erziehungsanstalten der Nomenklatura, versuchte bereits im zarten Alter von 11 Jahren über die Mauer zu flüchten, leider nur die Hinterhofmauer. Nach der Wende, steile Karriere als Schriftsteller, seit '95 bei der elitären Gruppe 'Reformbühne Heim & Welt' jeden Sonntag, 20 Uhr, Jägerklause, Berlin. Unzählige Bücher veröffentlicht, u.a. 'Zwiegespräche mit Gott', unzählige Preise abgelehnt.

Mike Altmann, Jahrgang 1973, spielte Anfang der 80er bei Motor Wama Görlitz als wieselflinker Linksaußen mit Jens Jeremies in einer Mannschaft. Seine kreative Ader entwickelte der ehemalige Lockenkopf als Wandzeitungsredakteur der Klasse 4B und Honecker-Imitator bei Familienfeiern. Heute gehört der alternde Popliterat zur Görlitzer Lesebühne Hospitalstraße. Wer mehr von Altmann lesen möchte, holt sich seinen Kurzgeschichtenband „Solo“.

Dominik Bartels wuchs auf der Insel Usedom auf, lebt und arbeitet jetzt aber im niedersächsischen Helmstedt. Er ist Autor, Moderator, Veranstalter, Verleger und Workshopleiter. Zuletzt erschienen im Blaulicht Verlag seine Kurzgeschichten unter dem Titel „Blättersammlung“. www.dominik-bartels.de

André Bohnwagner wurde am Pioniergeburtstag 1981 geboren und reiste noch vor dem Mauerfall in den Westen aus. In seinen Texten verknüpft er die Erinnerungen an die Kindheit in der DDR mit den Anpassungsschwierigkeiten nach der Wende. Oder wie er es formuliert: man bekommt zwar den Menschen aus dem Osten, aber eben nicht den Osten aus dem Menschen.

Kirsten Fuchs ist in Chemnitz geboren worden, in Berlin aufgewachsen. Sie schreibt Kurzgeschichten, Romane und Theaterstücke, regelmäßig Kolumnen für »Das Magazin« und ist Mitglied bei der Lesebühne »Fuchs und Söhne«. Neueste Bücher: "Kaum macht man mal was falsch, ist das auch wieder nicht richtig" - Voland & Quist und der Roman "Mädchenmeute" - Rowohlt Berlin, der im Jahre 2016 mit dem Deutschen Jugendliteraturpreis ausgezeichnet worden ist. Mehr unter: www.kirsten-fuchs.de

Matthias Klass, geboren 1965 in Eisenach. Poetry Slammer, Autor und Videofilmer. Seit 2007 als Poetry Slammer republikweit unterwegs. Bislang über 200 Auftritte bei Poetry Slams und Lesungen. Veranstalter des Wabu-Slams und des Sommergewinns-Slams in Eisenach. Gewinner der Mitteldeutschen Meisterschaft in Halle, 2011.

Karsten Lampe ist Poetry Slammer, Lesebühnen-Autor, Sprecher und verantwortlich für den Aufschwung Neuköllns. Außerdem tanzt er einen wahnsinns Lambada, aber wirklich nur dann, wenn es gerade so überhaupt nicht passt. Er ist Mitbegründer der Lesebühne Couchpoetos und so weit im Osten geboren, dass er es, mit nur etwas mehr Schwung, beinahe zum Westpolen gebracht hätte. 2016 erschien sein zweiter Erzählband „Erkläranlage“ im Satyr-Verlag.

Jörg Schwedler wurde 1977 in der Altmark geboren und schreibt seit der Jahrtausendwende Kurzgeschichten und Satire. Ob Lesebühne, Poetry Slam oder Stand-up-Comedy: Schwedler ist Storyteller. Er berichtet über alltägliche Situationen, gesellschaftliche Missgeschicke oder politische Absurditäten. Schwedler ist Begründer der Veranstaltungsreihe "Kunst & Frevel" und gehört zur Stammbesetzung der ultimativen Ossilesung.

Lea Streisand ist Autorin und Schriftstellerin. Seit 1986 kann sie lesen, seit 2003 liest sie auf Lesebühnen und Poetry Slams in Deutschland, Österreich und der Schweiz. Lea Streisand ist Mitglied der Neuköllner Lesebühne *Rakete 2000.* Außerdem schreibt die gebürtige Berlinerin Kolumnen für die *taz* und hat eine wöchentliche Hörkolumne auf *Radio Eins.* Lea hat mehrere Erzählbände veröffentlicht. Ihr erster Roman „Im Sommer wieder Fahrrad“ erscheint im November 2016 bei Ullstein.

Volker Strübing wurde 1971 in Sondershausen, Thüringen geboren und wohnt in Berlin. Er ist Autor, Filmemacher, Erfinder der Trickfilmserie "Kloß & Spinne", dreifacher Sieger der deutschsprachigen Poetry-Slam-Meisterschaften, Träger des Abzeichens für gutes

Wissen in Bronze und Mitglied der Lesebühnen *Und jetzt die Raubtiernummer!* sowie *Schnaps & Würde*. Eigentlich ist er aber ein Seemann, der versehentlich im Körper eines Schriftstellers geboren wurde. Im Herbst 2016 erscheint beim Verlag Voland&Quist das Buch „Kloß und Spinne".

Udo Tiffert, Jahrgang 1963, in Niesky geboren, Lausitzer, Autor und Mitglied der Lesebühnen "Grubenhund" in Görlitz und Lesebühne Cottbus, im Jahre 2009 Sächsischer Meister im Poetry Slam, veröffentlicht Gedichte, Geschichten und manchmal Kabarettexte. Mehr unter: www.udotiffert.de

Franziska Wilhelm wurde in Erfurt geboren. Nach dem Abitur verschlug es sie für ein Jahr zum Jobben in ein gruseliges Londoner Mädcheninternat und dann zum Studieren nach Leipzig und Madrid. Aktuell lebt sie in Leipzig, wo sie festes Mitglied der Lesebühne „Schkeuditzer Kreuz" ist. 2014 erschien ihr Debütroman "Meine Mutter schwebt im Weltall und Großmutter zieht Furchen" im Klett-Cotta Verlag. 2015 war sie Literaturstipendiatin des Märkischen Kreises. Mehr unter: www.franziska-wilhelm.de

Im Blaulicht-Verlag erschienen:

Etwas ist faul im Staate
Geschichten und Gedichte zur Lage der Nation

ISBN 978-3-941552-11-1

„Literatur muss nicht wehtun, aber sie kann es“, meint Patrick Salmen.

Namhafte Vertreter der deutschen Poetry Slam- und Lesebühnenszene wie Sebastian 23, Pierre Jarawan, Andreas Weber, Xochil A. Schütz, Johanna Wack, Felix Römer, Björn Högsdal, Henning Chadde u.a. beleuchten die Lage der Nation auf satirische, poetische oder kritische Weise.

Ein Genuss für alle, die noch einen Rest Revolution in sich tragen!

Im Blaulicht-Verlag erschienen:

Viele Grüße aus dem schönsten Land der Welt
Geschichten und Gedichte zur Lage der Nation

ISBN 978-3-941552-22-7

Deutschland - keine andere Nation auf dieser Welt vereint derart viele Vorurteile und Stereotypen auf sich wie der Landstrich zwischen Usedom und Freiburg. Besucher werden vor Reiseantritt durch kundige Fremdenführer vorbereitet:

„Lächeln Sie nicht zu viel in Deutschland. Deutsche brauchen einen Grund zum Lächeln, sind von Grund auf pessimistisch und genießen das. Wer zu viel lächelt, ist verdächtig oder verrückt."
(Amerikanischer Reiseführer)

„Außerdem sollte man in Deutschland nie in der Öffentlichkeit flüstern. Das macht die Deutschen misstrauisch."
(Chinesischer Reiseführer)

Namhafte Vertreter der Poetry Slam- und Lesebühnenszene nehmen in dieser Anthologie die landestypischen Befindlichkeiten auf´s Korn und senden viele Grüße ... aus dem schönsten Land der Welt.